U0017736

The Mad Scientists' Club

瘋狂科學俱樂部

炸彈大開花

文——柏全德·布林立｜Bertrand R. Brinley｜

圖——查爾斯·吉爾｜Charles Geer｜

譯——王心瑩

賈迪・摩頓

超級貪吃鬼。和亨利一樣，都熱愛思考，但思考的內容多半是食物。正值青春變聲期，低吼聲超恐佈，曾因假裝怪獸和惡鬼的淒厲叫聲，為俱樂部漂亮達成任務。

傑夫・克羅克

俱樂部主席，喜歡戴棒球帽。據說他之所以能當上主席，是因為俱樂部的實驗室，其實就是他老爸的穀倉。不過他的確很有領導天份，能規劃和指揮整個俱樂部的行動。

查理・芬考迪克

書中的第一人稱敘述者。話似乎不多，多半是有疑慮的時候才會開口問。很會賴床，最怕的事情是，媽媽拿著長柄刷把他刷起床。

亨利・摩里根

俱樂部的靈魂人物，唯一戴眼鏡的男生，也是副主席。是個熱愛思考，滿腦怪點子的鬼才。招牌動作是手摸著下巴，眼睛往天花板看。俱樂部碰到的任何疑難雜症，只要經過他這麼一想，保證迎刃而解，萬事 OK 啦！

瘋狂科學俱樂部

七個狡黠聰明、超愛惡作劇的男孩所組成的搗蛋探險隊。擁有一個可以大聲臭屁、激盪創意點子的秘密基地，一間五金行樓上、有超炫機關的實驗室，還有一堆人家廢棄不要的道具……由此展開一連串驚心動魄、刺激精采的大冒險，把原本寧靜的小鎮搞得天翻地覆、雞飛狗跳……

莫泰蒙・達倫坡

電機天才。最喜歡戴一頂帽緣上翻的圓盤帽。聰明、冷靜，很少大驚小怪；喜歡挖苦人，也常沒頭沒腦說出讓人發笑的話。

丁奇・卜瑞

俱樂部中個子最瘦小的。雖貌不驚人，卻是所向無敵的鑽洞高手；爬竿速度超快，還超會使用刀子解決各種問題。少了他，俱樂部很多任務還真無法完成呢！

荷馬・斯諾格

無線電火腿族。是俱樂部中唯一頭髮有型服貼的男生。老爸開五金行，一天到晚偷店裡的東西給俱樂部用，五金行的樓上也因此成為俱樂部的秘密基地。

推薦文

開啟無窮維度極限空間的想像

林宣安（臺中市立長億高中理化教師）

如果影像可以讓你感受到3D或4D的震撼，那文字就是一個無窮維度的極限空間！

【瘋狂科學俱樂部】就是一系列會讓你沉浸在這無限想像世界的冒險小說。我姑且稱它們為「小說」而不是「科普叢書」，因為故事內容實在太引人入勝，讓你不知不覺便跟著傑夫和亨利一起上山下海冒險。過程中為了解決遇到的問題，幾個大男孩發揮各自的專長和創意，每每逢凶化吉，卻又蘊含許多科學知識，就像亨利利用身邊的東西組合了一台紅外線探測器，成功探索了大砲內部的情況，對我們這種科學迷來說，這就像當年的馬蓋先一樣神奇，卻又多了一些趣味和年輕人胡搞瞎搞的小樂趣。

科學之所以偉大，不是它有多難或理工科入學分數有多高，而是其應用徹底改變了人類的生活方式和習慣。但許多人在求學過程中對科學和數學望之卻步，可能就是無法體會出科學在生活中的價值。當學了一門無法應用的學科，相信很多人都會覺得無趣吧，但學校教育因為許多舊有體制的禁錮，很難在短時間讓學生對這些學科有更多的應用機會，而大量閱讀也許就提供了另一個抒發的管道。

閱讀和影像是完全不同的學習模式，文字進入腦袋中需要更多的轉化和想像，相同的文字進入不同的人心中也會有不同的發酵。就像每個人看到的都是不同的彩虹，一本有意義的書對不同的人會有不同的啟發。【瘋狂科學俱樂部】對我這個科學狂熱者來說，看到的是他們的創意工具和解決問題的方式，但有人也許是因為這群好朋友的友情而動容，有人對冒險情節感到驚心動魄，有人則在其中找回青春的感覺，這些都是這套書的文字所產生的魅力。

透過影像學習或許已成了這個世代的新模式，因為這樣的學習方式可以更方便、更快速，更能符合目前社會的需求，卻少了一些自我轉化的過程，少了一些感動的歷程，少了一些想像的空間。因此在學習歷程中，不管科技如何發展、教育如何革新，閱讀絕對是不可或缺的一環，合適的讀本可以讓人願意重拾文字的樂趣，我想，【瘋狂科學俱樂部】做到了！

如果影像可以讓你感受到3D或4D的震撼，那文字就是一個無窮維度的極限空間！

推薦文

從趣味故事發展科學創意

曾振富（臺北市國小自然科學領域輔導團召集人、臺北市幸安國小校長）

由美國著名科普作家柏全德．布林立（Bertrand R. Brinley）撰寫、插畫家查爾斯．吉爾（Charles Geer）精心繪製線稿插圖的【瘋狂科學俱樂部】，初看就會陷入其生活探索與創意解決問題的故事之中。在《草莓湖水怪》、《飛碟魔幻獸》、《炸彈大開花》三部書中，不但能引發對故事發展的好奇心，更可以從中了解如何利用科學方法解決生活的問題。整個系列涵蓋科學知識、過程技能及科學態度的特點，值得推薦給喜歡故事與科學的青少年閱讀。

故事以七位瘋狂科學俱樂部的成員為主軸，透過解決生活創意問題，傳達自然科學的核心素養及學習重點（學習表現與學習內容），並且藉由故事情節發展，無形地嵌入到讀者心中。每本書所發展出來的內容，用孩子們最喜歡的故事型態呈現，頗能符合他們想聽故事與探究故事發展的動機與好奇心，也符合一〇八課程綱要的核心素養——能運用好奇心及想像能力，從觀察、閱讀、思考所得的資訊或數據中，提出適合科學探究的問題或解釋資料，並能依據已知的科學知識、科學概念及探索科學的方法去想像可能發生的事情，以及理解科學事實會有不同的論點、證據或解釋方式。隨著故事不斷在問題的出現與解決過程中發展出創意性的做法，也能引導學童在問題解決方面的學習表現。然而解決問題所應用的知識與原理，卻是整合跨科概念的學習內容，也頗符合課程綱要的跨科／跨領域科學認知。

整套書的故事在長毛象瀑布鎮發生，無論是草莓湖水怪的傑作、古宅煙囪的裝神弄鬼，或是探索紀念場的舊大砲，描述的筆法生動活潑，情節過程曲折有趣，解決方法創意十足，頗能引領讀者想進一步看下去的動機。而插畫家線條式的畫作，傳神地表達出故事情節，發揮了畫龍點睛的功效。

十分推薦給喜愛閱讀的孩子們，也鼓勵親子共讀，一起徜徉在科普閱讀的家庭時光。

推薦文

每個人都有一個瘋狂科學俱樂部

盧俊良（岳明國中小自然老師、FB粉專「阿魯米玩科學」版主）

很多年前，我還是個小男孩，沒有電腦、手機，更沒有網際網路，那樣的日子一定無聊死了……【瘋狂科學俱樂部】讓我想起我們在那個很「無聊」的日子裡都在做些什麼事。

社區裡有個很大的曬穀場，平時地主堆了一些建築用的板模，我們幾個小男生利用板模搭建了一個小屋，那是我們的秘密城堡，四周有很多縫隙可以觀察有沒有女生在窺探城堡。我們還搭建了一道斜坡，可以讓腳踏車騰空飛起，鄰居弟弟自告奮勇騎著他嶄新的越野腳踏車試飛，只見他在眾多朋友的加油聲中加速衝刺，瞬時拉起腳踏車把手，結果倒栽蔥摔個四腳朝天，哭著跑回家告狀。我們商量後，決定放棄繼續修建跑道的念頭，因為太蠢了……

還有啊，大花咸豐草開花的時候，忙碌的蜜蜂、翩翩飛舞的蝴蝶到處都看得到，我們拿著修紗窗剩下的細網製作捕蟲的小網子，空曠的樹林、田野都是我們抓蟲的好地方。抓到的蟲子放進用燒紅的鐵釘打洞的塑膠罐裡，再放些翠綠的葉子，就成了昆蟲飼養箱。飼養箱裡的蚱蜢、蝴蝶死掉了，我們還幫牠們做了小小的墳墓，用冰棒棍立了墓碑。但有個小弟弟竟趁我們回家吃午餐時，把每一個小小的墳墓踢壞，於是我們決定懲罰他，把狗屎埋在小蟲墳墓裡，那坨狗屎還是拉肚子稀泥狀的，只見他又調皮地踢著小蟲墳墓，大腳一踢，整隻拖鞋沾滿了狗大便，呵呵……這些四十多年前的記憶，隨著閱讀【瘋狂科學俱樂部】，慢慢喚醒了存在老男人心中的小男孩。

【瘋狂科學俱樂部】的故事主軸環繞著七個男孩，每個人都有自己的個性與專長，舉凡各式各樣光怪陸離的事，到了他們手上都成了冒險的題材，構成書中一篇篇充滿懸疑與趣味的故事。而其中蘊含了科學知識和科學原理，透過聰明狡黠、古靈精怪的男孩們動手完成每一個看似不可能的設計，讓人不由得佩服他們各司其職、合作無間，以及無限的創意與勇於冒險的精神。

想想，我們小時候一點都不無聊，因為無聊的事大概不會存放在記憶裡那麼久吧！快放下手機與遙控器，翻開【瘋狂科學俱樂部】閱讀，讓你受禁錮的內心也擁有一個「瘋狂科學俱樂部」、一個真正自由的心靈。

名家創意推薦

（依姓名筆畫排序）

陳乃綺（Penny 老師）（兒童實驗科學家）

【瘋狂科學俱樂部】巧妙地將科學知識與生活趣味融入故事情節中，讓我們在閱讀過程中，不僅能學習到科學知識，還能參與這些少年們一場場精采絕倫的冒險，讓人一讀就上癮。

主角們是一群充滿活力和創意的少年，他們不僅善用STEAM相關的技能，更透過彼此的專長和分工合作，完成了每一次的惡搞或冒險。這也讓讀者忍不住想，如果自己也是成員之一，該怎麼做能更好呢？這就是這系列故事讓人覺得趣味的地方。

讓我們一起加入瘋狂科學俱樂部，感受科學的樂趣和魅力吧！

陳瑜（「鏞鏞甫甫親子部落格」版主）

能跟著書中七位充滿智慧和創意的青春少年，一起展開驚心動魄的冒險之旅，簡直比搭雲霄飛車還刺激呢！看似愛作怪的青少年，是勇於挑戰的冒險者，說話極為風趣幽默，沒想到邏輯分析的功力一流，每次看到他們抽絲剝繭的一步步推演，就覺得精采無比！

人物設定鮮明，劇情充滿生氣，每一個場景的敘述都能帶給讀者無窮無盡的想像力。更棒的是，當我沉浸在這一連串追根究柢的探險之餘，還能獲得許多科學知識，讓人一翻開書就欲罷不能，連眼睛都捨不得眨一下啊！

楊宗榮（臺中市國小自然輔導團輔導員、臺中市翁子國小教務主任）

看到七個古靈精怪的少年，彷彿回憶起自己少年期的奇思妙想，一點風吹草動，就能和玩伴在腦海中編織出許多有趣的故事。不同的是，故事中的七個主角在瘋狂科學俱樂部中親自實現想法，隨著故事推進，我們能夠感受到他們的緊張、創意、興奮、意見分歧、合作，甚至沉浸其中，以第八位成員的身分進入書裡，理解一連串傳說中的科學過程。或許，你也曾想過這些莫名其妙的鬼點子，現在就打開書，看看他們是怎麼做到的吧！

李偉文（親子作家）

【瘋狂科學俱樂部】就是在扣人心弦的故事裡，無形中傳達了一個非常重要的觀念——任何發明創造，需要許多不同個性與專長的人共同合作才能完成。……正因為這些不同的特質與專長，整個團隊才能夠順利完成許多挑戰或純粹好玩的惡作劇。這是一套非常好看的書，在快樂的閱讀中可以引起孩子學習科學的興趣。這股熱情，相信比多上幾十堂補習班的課程來得有價值多了！

張東君（科普作家）

【瘋狂科學俱樂部】中使用到的知識包括物理、化學、數學、生物、醫學、地質等等，追求的是科學性、邏輯性、推理性，培養的是意志力、思考力、創造力、想像力，此外，最重要的，還告訴我們交到一輩子的好朋友是何其有幸！這些因素，就讓這套書從令人拍案的經典青少年小說，化身為絕妙爆笑的科普書，歷久彌新。

曾志朗（中央研究院院士）

少年的生活經驗裡，其實是充滿了好奇與矛盾，很多大人的話相互衝突，朋友之間的故事也常常是前後不一致的。這些好奇與矛盾，可以是挫折的根源，但應用得當，則是啟動科學思維的最佳場景。我很喜歡這個系列，因為主題非常貼近少年的生活，故事的發展也永遠充滿求知尋解的樂趣。我好佩服作者的用心，他真是當代最懂得兒童心理的科普作家。

序

一趟意外的釣魚大探險

莎莉丹・布林立（作者柏全德・布林立的女兒）

哈蒙・摩頓是一個性格鮮明的角色，他摔下船、跌到水裡，把釣魚之行搞得一團亂；他讓自己出糗、超級惹人厭，卻又老愛引述莎士比亞的句子。說也奇怪，哈蒙曾是傑夫和查理的朋友，也正是他們的釣魚之旅，開啟了【瘋狂科學俱樂部】系列的超級冒險行動。

在《炸彈大開花》書中，有個神秘的物體掉進草莓湖，傑夫、哈蒙和查理試圖要找到它。他們的行動不僅把釣魚之行搞砸了，也引發後續一連串驚險的行動。

在這個故事裡，有些情節安排由幾個大人來擔綱主演，這也是本書最大的特色。大家可以從書中認識一些活靈活現的記者角色，主要是由於我父親從事新聞相關工作多年，從他共事過的記者身上汲取了許多靈感，因而能夠不經意地將這些精采的人物描繪出來。這本書除了原有的科學探險情節外，也穿插了許多危機時刻的新聞處理方法，以及新聞工作的細節與規範。

此外，還有一個大人也在故事裡扮演了非常重要的角色，那就是馬其上校。他是西港空軍基地的基地指揮官，【瘋狂科學俱樂部】的讀者對他應該不陌生。這回他可是眾人矚目的焦點。當故事裡的意外事件登上全國的新聞版面時，他發現自己必須承受來自各方的壓力，不僅來自長毛象瀑布鎮，還包括新聞界和華盛頓當局。我父親認識一些軍官，其中有些人便擔任馬其上校這類的軍職。不過當他描寫馬其上校在危機與壓力中如何自處時，其實有一大部分是他自身的經驗。

這本書在一貫驚險嘲謔的情節敘述中，仍然精準地掌握了【瘋狂科學俱樂部】系列的核心宗旨，即：「只要你願意動動腦筋，世界上所有的問題幾乎都可以迎刃而解。」傑夫、哈蒙和查理運用最基本的定位技巧，乾淨俐落地找出物體確切的掉落地點。而當亨利加入他們的行列後，他應用許多科學原理，思考各種解決的方法，就這樣擺平了一個又一個問題。然而，他在過程中還是需要別人協助，最特別的便是「多地層教授」這個世界知名的地質學家。

這位教授是個滑稽可愛的角色，基本上是參考一九五〇年代常出現在「希德．凱撒喜劇時間」裡的人物。凱撒在劇中扮演教授一角，他常常坐在一張皮製的大型扶手椅上，卻得努力不讓自己從椅子上滑下來，因此他的獨角戲常得暫停，轉而聽他指責某人為皮革上了太多蠟。教授說話的口音很重，而這也為角色增添許多喜感。在多層教授這個角色身上，我父親將他的口音和怪癖掌握得恰到好處。

這個故事還有一隻貓配角。在真實世界裡，我們家的確有一隻十歲大的魚紋虎斑貓，灰色的身軀帶有黑色條紋，小名叫「韋斯」。牠很擅長埋伏在房子裡攻擊其他的貓，而且會在每一頁原稿紙上留下牠的記號，或在上頭睡覺……父親的手稿幾乎無一倖免，真是一隻超棒的貓哩！

在【瘋狂科學俱樂部】系列故事中，經常會追尋一些昔日的美好時光（例如查理緬懷布里斯托旅館和長毛象瀑布鎮繹旅的往日繁華）。我父親和母親也常常回想起二次世界大戰後的維也納，那兒的布里斯托旅館充滿了懷舊氣氛。他們當時年紀輕輕便活躍於維也納的社交圈，不時周旋於外交官、美國上流社會人士、同盟國軍官、政府官員、參眾議員，以及許許多多路過或落腳於維也納的人士之間，而相關的宴會與晚宴往往在布里斯托旅館盛大舉行。目前它仍安在，就位於維也納歌劇院的對面。

最後要說，希望藉由這個長篇故事新版本的發行，能與更多讀者一起分享【瘋狂科學俱樂部】令人難忘的探險行動。

二〇〇三年，寫於維吉尼亞州阿靈頓市

目錄

瘋狂科學俱樂部 3 炸彈大開花

—推薦文—

—序—

炸彈大開花

曾經有很多人問我，「瘋狂科學俱樂部」一開始是怎麼組成的？我通常會反問他們：「組成？你指的是什麼意思？」說實在的，我們的俱樂部沒有所謂「組成」這回事，反正自然而然就這樣形成了。

如果一定要我選一天，說「整件事就是那一天開始的」，我猜想，我一定會選擇那個令人不寒而慄、陰鬱詭譎、濃霧籠罩的日子。就是那一天，我和傑夫・克羅克做出錯誤的決定，找了哈蒙・摩頓跟我們一起到草莓湖釣魚。也就是那一天，有個神秘的物體撲通一聲掉進湖裡，大傢伙 B-52 轟炸機於是由西港空軍基地緊急升空，也因而引發了一連串的事件。住在長毛象瀑布鎮的每一個人，想必永遠都不會忘記那些事情吧。

故事的結局並沒有造成多大的傷害（譬如沒有讓任何人丟了小命云云），不過倒是害我們整個禮拜都不能釣魚，而且整個長毛象瀑布鎮足足爭吵了一個月。這整件事到底是怎麼發生的？讓我來告訴你吧。

哈蒙．摩頓這傢伙真是個頭痛人物，倒不是說他製造許多事端，不過任何事情只要他參了一腳，問題便往往越搞越大。我們當時剛把船划到湖面上，大概才過了十五分鐘吧，哈蒙便開始大口大口地吃起午餐；我們原本把午餐藏放在船尾的椅子底下，以免午餐弄濕，而且吃的時候也不會有太重的魚腥味。

「啊，哈蒙，對不起！」傑夫說，他用右槳划水時用力不當，剛好在哈蒙狼吞虎嚥的三明治上面潑了一瓢水。「我剛還在想，花生醬好像有點乾喔。」

哈蒙被食物噎住，一陣猛咳之後，他原本要吞下去的食物，有大半口都噴了出來。他氣得兩眼直瞪，滿臉漲紅，紅到我覺得他恐怕有某條血管快要漲破了。哈蒙嘴裡嘰哩咕嚕地想要說話，結果只是噎得更厲害。他根本沒辦法把食物吞下去，而嘴裡塞了東西也沒辦法咳嗽，最後只好把東西全部吐在船邊。

「天哪！真沒想到你這麼快就暈船了啊！」傑夫嘲笑他一番。哈蒙還是咳

個不停，手忙腳亂地想要找條手帕，結果剩下的三明治一不小心就掉到船艙底下，變成濕答答一大團，我忍不住狂笑，這可讓哈蒙抓狂了。他抓起三明治的殘骸，朝向船頭的我直直丟過來。他的準頭還不錯，最大的一塊飛到我的左邊脖子上，不過這時哈蒙顯然腳底一滑；我是沒看見啦，只是當那塊濕答答的三明治啪地一聲摔在我脖子上時，我同時聽到一陣大笑聲。等我抬頭定睛一看，船裡已經找不到哈蒙的蹤影，原來他已經彈射出去，飛越船尾，掉進湖裡去了。

「喂！哈蒙，趕快起來啦！你在水裡會把魚給毒死耶！」傑夫對著哈蒙大叫，我們兩人笑成一團。哈蒙浮出水面，奮力想要游回船邊，然後他用兩隻手抓住船舷，打算從船的側面爬出水面。

「你這個笨蛋給我住手！你得要從船尾爬上來，不能從船的側邊爬啦！難道你想把船給弄翻嗎？」傑夫又對他大叫，還用槳身拍打他的一隻手。

「要不是怕剩下的午餐會弄濕，我早就把船給翻過來了啦！」哈蒙氣瘋了，他正用兩手交替，慢慢移向船尾。

我們幫他爬上船，把濕衣服擰乾，傑夫遞了一條毛巾讓他擦乾身體。

「會不會冷啊？」傑夫問他：「你的牙齒喀答喀答抖個不停耶。」

「才不是我的牙齒呢，」哈蒙嘲笑他：「是你腦袋裡的石頭滾來滾去，才會發出這種喀答喀答聲吧！」

「好笑、好笑！」我說道：「可是你的嘴唇抖個不停啊！」

「對啦、對啦，我正在碎碎唸個不停，這樣你滿意了吧？」

哈蒙實在很奇怪，他就像馬戲團的橡皮人一樣，一下子就恢復原狀了。我在船頭的儲物箱裡挖出一件厚重的帆布防水衣，把它丟給哈蒙，叫他在衣服風乾之前先穿上。如果你又冷又濕，那麼這件冷冰冰、發了霉且緊貼皮膚的防水衣已經是最好的選擇了。哈蒙把防水衣披在肩膀上，直挺挺端坐著，想辦法讓自己看起來很有尊嚴。我想，除非太陽從烏雲後面露出臉來，否則哈蒙的衣服永遠也沒機會變乾了。當時大霧瀰漫，從船上往四周看去，五公尺外的東西就看不清楚了。

我和傑夫把餌鉤準備好，在釣線上面綁好鉛錘，而哈蒙則坐在船尾猛打哆嗦。我們知道在這樣的大霧中，草莓湖裡的大口鱸魚和大眼梭鱸是出了名的容易上鉤。今天湖面上平靜無風，四周靜悄悄的。

我們丟了一根釣竿給哈蒙，而他只是坐在那兒，膝蓋抖個不停，結果讓竿頭垂到水裡頭去了。哈蒙的個性根本就不適合釣魚；釣魚得要有十足的耐心，而且要能長時間屏氣凝神才行，如果你沒辦法這麼做，就別想指望能釣到魚。哈蒙實在太神經質了，他一點都不適合釣魚；如果不是時時刻刻都有新鮮事發生，他就會想要自己製造一點事端。

我們把釣線丟入水裡，過不了五分鐘，哈蒙就扭開他隨身攜帶的收音機。

「把那玩意關掉，」傑夫咬緊牙齒哼了幾句：「你會把魚給嚇跑。」

「你儘管多哼幾句吧，」哈蒙說：「音樂對心靈有益喔！」

「我們不是在釣比目魚耶，大白癡，我們釣的是鱸魚！」

「喲，你這麼緊張幹嘛？」哈蒙嘲笑他：「又不是要上電視！」結果哈蒙並沒有把音量關小，反而開得更大聲。

就在這時，廣播節目被一則插播給打斷，原來是駐守在西港空軍基地的美國空軍戰略轟炸機中隊，過一會兒即將展開預定的空襲警報演習；播報員說，接下來的兩小時，噴射機大約分成四到五個航次，陸續由空軍基地起飛。

「老天爺！」我忍不住抱怨：「看來只能釣早上了。」

「釣早上？我以為你們要『釣鱸魚』哩！」哈蒙咕噥說道。

我和傑夫交換了一個眼神，兩個人無奈地聳聳肩。我們坐了一會兒，滿心期盼能在演習前釣到幾尾魚，然而湖面上的霧氣越來越濃了。在大霧之下，如果我們必須提早離開，就得要借助傑夫的羅盤才能回到岸邊。說實在的，我們並不知道自己確實的位置，不過沒什麼關係。我們知道轟炸機每次都以固定的航向起飛，向右飛越水域上空，然後飛向草莓湖西北角丘陵間的隘口，那兒全是沼澤和濕地。當飛機越過我們上空時，高度大約只有數百公尺，飛機產生的噪音和衝擊波，會把所有的魚都趕回湖底去。

「如果沒辦法釣魚，那我們可以開始吃午餐了嗎？」哈蒙提出建議。

「你就只想著要吃午餐嗎？」傑夫問他：「你沒有跟你堂哥費迪一樣肥，還真是奇怪咧。」

「我們兩個可不一樣，」哈蒙解釋：「費迪活著是為了要吃東西，而我吃東西是為了要活下去。而且我吃下去的熱量全都燒掉了，所以不會變胖。」

「看起來燒得相當慢呢，」我說道：「難道你的腰際纏了一大捆錢嗎？」

就在這時候，我們聽見第一架轟炸機規律的怒吼聲，然後它轟隆隆從頭頂上飛過，我們全都出自本能地蹲下身子。在濃密的大霧中聽來，那聲響實在大得有點誇張，簡直像是從頭頂上不到六公尺的高度飛過去似的。我們蹲伏在船裡，嘴巴張得老大，用手指緊緊塞住耳朵。

「咻——咻——咻！」傑夫吹了個口哨，說道：「哇，從那傢伙吹來的風，把我的頭髮吹出分線來了耶。飛機越過我們頭頂的時候，希望它們的起落架不要放下來才好。」

我們在原地坐了好一會兒，想要下定決心回到岸邊，看來今天沒辦法繼續釣魚了。又有三架飛機轟隆隆飛過我們頭頂，每一架發出的聲音都更加震耳欲聾，像是要比前一架製造出更具爆破力的衝擊波似的。航空燃料油 JP-4 的味道瀰漫在我們四周。

「唉喲喂，跟死魚一樣臭！」哈蒙說：「釣魚我是不懂啦，不過這味道絕對會把魚要吃的蚊子給臭死！」

「這次的飛行任務可能還有一個架次喔，」傑夫向大家宣佈：「接下來應該有很長一段時間會安靜下來，我們可以等魚游回來。」

「要不然，我們把釣線改放到深水區去，」我跟傑夫說：「整個湖面都很吵，魚可以躲的地方只有湖底吧。」

「說的也是，」傑夫答：「那我們就把線放下去吧。」正當我們把釣線捲起來時，第五架飛機開始向我們怒吼，它還發出尖銳的撞擊聲，害得船身搖晃不止。

「那傢伙好像有麻煩耶！」哈蒙大吼大叫。

「對呀！好像出問題了！」傑夫也吼回去。飛機引擎的聲響消失在遠方。不知道出了什麼問題，不過顯然有東西掉進湖裡，發出巨大的撲通聲！

那東西距離我們實在太近了，你幾乎可以感覺到水花濺起的強大力道，但是由於霧很濃，我們根本看不到任何東西。

「哇塞，我的老天爺呀！」哈蒙大聲叫嚷：「他們開始轟炸我們了耶！」

「拜託喔，出浴美女，把衣服披好啦！」傑夫警告他：「乖乖坐在你的位置上。」這時船身開始搖晃，我們才知道掉進水裡的不明物體一定很巨大，因為它竟然激起一、兩公尺高的波濤。

「划槳手，快一點！」我大聲叫傑夫，於是他趕緊抓起船槳，及時使船頭轉向以避過一個大浪，否則小船差一點就翻覆了。我們坐在船裡，前搖後晃地過了好一陣子，然後傑夫開始划船，朝向騷動源頭慢慢靠近。哈蒙早把「凍僵」這回事忘得一乾二淨，他在船尾半蹲、半站，還半裸，緊緊盯著大霧深處。

「也許是炸彈的隔間門壞掉，鬆開了。」他說道。

「應該比那個重吧，」傑夫繼續划動船槳，喃喃自語說道：「比較像是一整個機尾掉下來。」船身終於不再搖晃了，我們身處於平靜的湖水中，可是四周什麼都看不到，只有一些氣泡在湖面破裂開來。那個不明物體沉入水中有一段時間了，現在早已不見蹤影。

「不知為何，塵世的榮光就這樣消逝了！」哈蒙坐在船尾，嘴裡不住地讚嘆著，然後他以莊重的神情把防水衣甩到左邊肩膀上。

「你給我再講一遍……」傑夫喃喃自語，氣到差點不能呼吸。

「可以啊，可是我想不起來了耶！」哈蒙得意地偷笑。

「喂，你這個自作聰明的傢伙，你最好把防水衣披好，難道你要得個超級大感冒嗎？」傑夫警告他：「現在，無論還要不要釣魚，我想我們最好划回岸邊去。不管掉了什麼東西，空軍單位應該要修復那架飛機才行，它大概是轟炸機吧。他們如果想知道東西掉在哪裡，我們可以提供一點線索噢！」

「提供線索給他們？」哈蒙哼了一聲，很不以為然的樣子。「位置那麼明顯，就在那裡啊！」他用手指著水面，氣泡仍然不斷從水裡冒出來。

傑夫沉吟半晌。「好啊，你這個呆瓜！你大概很願意跳進水裡，在那兒踩水踩一會兒，等我們回來就知道要上哪兒找囉？」傑夫說。

「嘿，也不看看你現在跟誰在講話啊？大呆瓜！」哈蒙氣得大吼大叫，還拿起他的濕褲子在傑夫頭上甩來甩去。傑夫用槳柄把哈蒙推回他的位置上。

「你給我坐下，聽好！」他說：「我們還不知道目前確切的位置，從這裡根本看不到岸邊，如果等一下要回到原處或附近，就得好好用用我們的腦袋。

嗯，我們得依賴羅盤的引導把船划回岸邊，以後才知道要以哪個方向划回原處。我們也要計算划回岸邊總共划了幾下，才會對距離有點概念。哈蒙，你坐在船頭，幫我數一數總共划了幾下。查理，你坐到船尾去，負責操作羅盤。」

傑夫一句廢話也沒有多說，大家都專心聽他說話。他並不是作威作福、仗勢欺人，只是因為情況緊急，大家自然而然就跟著他的指令行事。我從他手中接過羅盤，然後把另一隻槳放在船尾的槳架上，負責掌舵。我們朝向東北方出發，羅盤指針指在四十五度的位置。傑夫並不是隨便選這個方向。首先他估計，以這個方向划回去，我們所抵達的岸邊應該是火雞山路最靠近草莓湖的地方，可以到加油站去打電話。此外，飛機起飛的方向與後來的飛行路徑大約呈直角。綜合這些線索，空軍便有很好的依據，可以盡快找出掉落湖裡的東西。

傑夫以穩定的速度向前划去。抵達湖邊後，我們發現比預期的位置略向西邊偏了些，不過比原本估計的時間快很多。「我猜，實際的位置跟我原先所想的不太一樣，」傑夫說：「哈蒙剛才跳進湖裡洗澡時，我們可能漂流了一段距離吧。」

我們沒再聽到有其他飛機起飛。雖然哈蒙一直開著他的收音機，我們也沒再聽到這次演習警報的任何消息了。

「這下可好，」哈蒙發表他的意見：「如果飛機發生問題，他們必定會宣佈某些事情。而如果沒有宣佈消息，為什麼又沒有任何飛機起飛呢？」

「說不定他們只是喝咖啡休息一下。」我說。

「你白癡啊！」

「喂，是你自己問的問題，那你自己回答啊！」

這時傑夫逕自走上湖岸，在火雞山路邊找到電話。等他走回來，我們問他情況如何。

「不知道發生了什麼事，」他說：「他們不肯透露半點口風。」

「你有沒有跟他們說，我們看見某個東西掉進湖裡？」我問道。

「我說，我們『聽見』某個東西掉進湖裡，然後跟我談話的人就說：『謝謝你，我們會查查看。』就這樣。他連我的名字都沒問，更別說其他了。」

「跟你說話的人是誰啊？」

「西港空軍基地的某個中士吧。我不知道他叫什麼名字。」

「那就扯平啦，」哈蒙插嘴說：「他也不知道你叫什麼名字嘛。你應該跟飛行控制中心的人報告這件事才對。」

「嗯，大概是吧。」我說：「那我們現在怎麼辦？」

傑夫聳聳肩，用腳踢起一些沙子。然後我們全都坐在一根倒木上，仔細想想整個情況。過了一會兒，我們都認為，至少應該跟長毛象瀑布鎮警察局報告詳情，或許他們會跟空軍單位報告這件事。哈蒙也說，如果西港空軍基地想要展開搜索行動，找出湖裡的東西，他們必定要會同當地警方才行。

「你說得沒錯！」傑夫評論道：「我們最好趕快到警察局去。」

「等我們到了警察局，我可以再跑到報社去跟我叔叔說，」哈蒙又說：「報社應該會對這件事感興趣。」

「好主意！」傑夫說道：「或許他們可以搞清楚，到底發生了什麼事。」

我們又把船推進湖裡，傑夫和哈蒙一起划船，朝向草莓湖的東岸碼頭划過去，傑夫的家人在那兒有棟夏日別墅。我坐在船尾掌舵，反覆思忖那落入湖裡的神秘物體，突然間，有個再簡單不過的念頭跳進我的腦海裡。我們一開始為什麼沒想到呢？

「嘿，你們兩個！」我衝口說出：「我有另一個建議！」

「另一個建議？」哈蒙一邊喘氣一邊說：「你幾時有原來的建議啊？」

「笨蛋哈蒙，我看你所有的話都沒有經過大腦嘛！不過算了啦！」

「我看你才是哩，你還得先去找個大腦裝上再說吧！」哈蒙反唇相譏。

「好了啦，你們兩個！」傑夫忍不住插嘴：「查理，說說你的想法吧。」

「是這樣的，很簡單。」我說道：「我們乾脆回家拿水肺裝備，然後回到剛才那兒，看看湖底到底有什麼東西，如何？」傑夫看看哈蒙，考慮了一會兒，而哈蒙也看了傑夫一眼。然後他們兩人都轉過頭來看著我。

「好傢伙！我怎麼沒想到？」哈蒙嘀嘀咕咕說道，他的聲音很小。

「這主意太棒了，查理小子。」傑夫遲疑了一下才說：「不過，那東西不曉得掉進多深的地方，我們或許到不了那樣的深度喔。」

「如果不試試看怎麼知道呢？」我回嘴。

「這個嘛……我想你說得沒錯。」傑夫承認：「走吧！大家還猶豫什麼？」

「耶！夥計們！讓我們來興風作浪吧！」哈蒙大聲歡呼。他和傑夫開始奮力划水，那模樣活像是一對划艇選手。我們幾乎像是水上飛機一般，飛快地沿著湖岸航向傑夫家的碼頭，同時一邊交換彼此的想法，討論如何以最快的速度重新集合，再回到湖面上。我們終於抵達碼頭，也就是先前停放腳踏車的地方，這時候大霧似乎又將再度升起，但是我們的情緒依舊高昂。不過呢，就最後的結果看來，如果我們當時就此打住，結果可能會比較好吧。

我和傑夫衝向鎮上廣場的警察局，報告我們所發現的事；哈蒙則去找他叔叔，他叔叔在《長毛象瀑布報》的排版室操作排版機器。然後我們得快速衝回家裡拿潛水裝備。

長毛象瀑布鎮並不大，它是一個舊式小鎮，跟當時一般的小鎮沒什麼兩樣，不過算是個適合人居的好地方。然而，它倒是有一個很大的缺點，幾乎鎮上的每一個人都認識所有的人；不只如此，每個人幾乎都知道其他人正在做什麼，這更是糟糕。所以，當我們帶著氧氣筒、面罩和蛙鞋回到傑夫家的碼頭，報社派來的記者幾乎跟我們同時抵達現場，還有一家又一家的廣播電台隨後趕到，甚至連「尼德・卡斐理髮店」都派了兩個人前來湊熱鬧。

哈蒙很愛講話，可是傑夫不喜歡，我們把所有裝備弄上船之前，他們兩人鬧得有點僵。我和傑夫已經把船尾的外掛馬達搬到船屋外，把它夾在釣魚小艇的船尾橫板上。

「快點啦，你這個笨蛋！我們要出發了。」傑夫回頭對著哈蒙大叫。哈蒙站在碼頭上，他正竭盡全力向每個人說明我們的計畫。哈蒙百般不情願地離開碼頭上的人群，臨走前還向大家承諾，我們必定帶著轟動全鎮的真相回航。然後他爬上船，還立刻在船首擺了個很戲劇化的姿勢。我發動馬達，等它穩定加速之後切換離合器，於是我們便像飛箭般快速駛離碼頭，後頭還噴出一大團水花泡沫與廢氣煙霧。哈蒙從他站的地方摔下來，直挺挺地躺在船底。

「你真是個大白癡！」我們剛剛駛離眾人聽力所及之處，傑夫便對哈蒙這樣說：「我們完全不知道是什麼東西從飛機上掉下來，而且即使那東西很重要，我們能不能找到它還是未知數。你為什麼要跟大家作那種白癡保證啊？」

「胡說八道！」哈蒙很生氣地說，他又站上船頭，恢復他剛剛的姿勢，而且還握緊拳頭伸向空中。「這是胸懷大志者的好時機，我們要把握良機，掌握自己的命運！」他在風中大聲狂吼。

「這樣也會讓你全身濕透啦！」傑夫吼回去：「現在給我好好坐在船上，免得你又泡到水裡去了。」

果然又起霧了。我正駕船沿湖岸前行，航向我們早先登上湖岸的地點，也就是靠近火雞山路的地方。多虧有馬達，我們只花幾分鐘就到了。不過傑夫要從這兒開始划船，唯有如此，我們才知道應該要划到距離岸邊多遠的地方。

「我得要划幾下啊？」傑夫問道。

「四百八十五點五下，準確數字！」哈蒙說。

「『點五下』是哪裡來的？」

「你不是有一次用力不當嗎，所以我把它算成半次。」

「好啦！我們要再次準確計算。」傑夫說。

「遵命！艦長！」哈蒙說，他對傑夫做了一個很有精神的致敬禮。

「查理，要朝什麼方向前進？」

「我們剛才以四十五度角前行，」我告訴他：「也就是說，現在我們要以兩百二十五度角回航，沒錯吧？」

「沒錯！」傑夫說道，他整個人靠在槳上。我負責掌舵，所以我把羅盤放在面前的座位上，目不轉睛地盯著它瞧。指針不斷來回跳躍，要讓船首保持在兩百二十五度的直線上並不容易。不過這時候吹來一陣微風，大霧很快便漸漸散去，於是我對著傑夫大叫，要他停下來，於是他把槳插進水裡。

「這種方法行不通啦！」我跟他說：「我們乾脆再等一會兒，讓霧散開一點，或許我可以利用對岸的某個地點訂出方位角。若是以我們現在的方法，我可以知道划了三百碼，卻沒辦法確定真正的方位。」

「我想你說得沒錯，」傑夫同意我的看法：「如果我們不知道真正的位置，划到湖上也沒用。」他把船划回岸邊，我們在那兒等候霧氣消散。我只花了幾分鐘就認出草莓湖西岸小丘的山脊輪廓，等到霧氣全數散去後，我仔細辨認山脊上一些明顯的特徵，以便等一下做為導航之用。正當我們等待時，哈蒙跳上岸邊，折下一段枯死的樹枝，將它直直插入沙堆中。然後他拿了一件亮紅色的外套掛在樹枝上，再爬回船裡。那件外套本來是他準備禦寒用的。

「如果我們想要準確定位，不僅要知道目的地的位置，還得知道我們從什麼地方出發。」他向我們解釋：「回程時，我們可以靠它對準方向，於是你就可以確定我們是朝著直線行進囉。」

「哇，好主意！」傑夫說：「喂，哈蒙，結果你還是挺有用的嘛！在你今天做過的事情之中，這是第二件有用的事。」

「那第一件是什麼？」哈蒙問道。

「就是今天早上你穿好褲子那時候囉！」

「喲，你真幽默耶。如果你們不想等我笑死，就請趕緊上路吧。」

我們再度出發，還是傑夫負責划船，我掌舵。我讓船頭朝向遠方湖岸一座小丘的陡峭山凹，那裡露出一小塊藍色的天空；從我們出發的地點來看，那個山凹位於羅盤指針指的兩百二十五度之處。大夥兒順利前行，但是哈蒙突然在船頭的座位上大吼大叫。

「喂，傑夫，你划得太猛了啦……九十四……你再這樣繼續划下去……九十五……我們會超過目的地一公里啦……九十六！」

「好啦！好啦！」傑夫說道，他放慢速度了。「這樣總可以了吧？」

「可以了，可以了……九十九……這樣可以。」

當哈蒙把數目數完，傑夫便在那個地點放下船槳。這時，陽光頭一次在那天早上衝破烏雲，湖面上只剩下一點點薄霧了。我們放下船錨，沒想到錨竟然落在湖面下方九公尺深處。傑夫十分吃驚。

「我還以為這裡應該更深呢！」他忍不住大叫。

「對啊！說不定這裡有個水底山脊，或者有個小丘陵。」我說道：「有人跟我說過，這個區域少說也有三十公尺深啊！」

「嗯，實情到底如何，很快就見真章啦！」

我們把氧氣筒和蛙鞋穿戴好，而哈蒙早就站在船尾邊上了。這時我們突然聽見直昇機引擎的啪答啪答聲，斷斷續續地迴盪在整個湖面上。原來是兩架空軍的直昇機，它們從西港空軍基地的方向朝這裡飛過來，在水面上低空掠過。

「看那樣子，他們大概要尋找水面上的殘骸吧。」哈蒙說。

「可是根據那時候湖水潑濺的聲音，我覺得那個物體不會漂浮在水面上。」傑夫很肯定地說道：「況且，他們如果要找東西，這樣的飛行高度未免太低了點。你們看，他們似乎對準我們直直衝過來耶！」

毫無疑問地，他們的確是朝我們筆直飛來，而且已經飛到半路上了。直昇機以我們這艘船為飛行方向，彷彿我們是攻擊目標。哈蒙跳回船裡，大夥兒趕緊把自己固定好，不然直昇機一靠近就會帶來強大的氣流與聲浪。帶頭的直昇機在空中爬升大約十五公尺，直直飛到我們上空停留，然後第二架又飛過來靠近我們的右舷，它保持在水面上幾公尺處，活像是一隻不斷拍動翅膀的大母雞。有個身穿亮橘色服裝的人伸出機艙門外，開始對我們用力揮手，我們也笑著向他揮手喊道：「哈囉！老哥，你好啊！今天天氣不錯吧？」還喊了一大堆跟這差不多蠢的話，不過我們的聲音完全被周遭的噪音與空氣的擾動給蓋過去了。那個人把兩隻手彎成話筒狀放在嘴邊，看似要跟我們說話的樣子，而我們也把手放在耳朵旁邊，向他大聲叫道：「你說什麼？」和「我們聽不見！」還對他不斷搖頭。最後，他終於弄懂我們的意思，便用左手臂揮舞著某種手勢，指著我們身後的湖岸。我們轉頭望著他所指的地方，可是沒看見任何東西，於是我們又不斷搖頭。

「不知道他要跟我們說什麼？」哈蒙說道。

傑夫用一種嘲笑的眼光盯著他看。「說不定他們的意思是說，我們找錯地方了，所以叫我們向湖岸移近一點。」傑夫大膽地這樣推測。於是傑夫試著比畫印地安人的手語，不過直昇機裡那兩個人看起來一臉茫然的樣子。

「我想他們都是笨白人。」哈蒙說道。最後，剛才試過所有動作的那個人，抬頭看著上面的第二架直昇機，揮手叫它飛走，然後他的直昇機移動到離我們更近的地方，就在我們頭頂上停止不動。現在噪音更是震耳欲聾，我們得把手指頭塞進耳朵才行。那個人拿了一張紙，在上頭潦草地畫了畫，然後把紙丟下來。可是紙團還來不及掉到水裡，就被引擎製造的氣漩吹到一百公尺外的地方去了。傑夫拾起船槳，打算把船划向紙團，這時候直昇機掉轉方向往上飛，並朝著西港空軍基地的方向往右邊飛去，那個橘衣人不斷揮舞他的手臂，示意要我們跟上去。

「我猜想，他們要我們向湖岸靠近一點。」傑夫猜測：「不過我們先去拿那張紙團吧。」

我們把船划到紙團掉進水裡的地方。哈蒙先看到它，於是將紙團拎出水面，可是紙上的墨水已經變成一團團模糊的髒點，完全沒辦法辨認。這時候直昇機繞了一圈，又對準我們這裡飛轉而來，飛到一半突然掉轉方向，陡地拔高，然後朝西港空軍基地飛去。等到它的引擎聲消失而聽不見了，我們又聽到另一種聲音，這才知道直昇機為何要飛走，原來有艘高速汽艇正以全速前進，從公共沙灘的方向朝我們開過來。汽艇逐漸靠近，我們發現它是隸屬於長毛象瀑布鎮警察局的船，原本負責在遊艇旺季之時巡邏草莓湖各處。汽艇在我們旁邊停下來，警察局長哈洛德．普特尼伸手抓住我們的舷緣。

「孩子們，真是不好意思，恐怕得請你們離開草莓湖囉。」他以一貫沉著的口吻說道：「你們最好跟在這艘船後面，回到公共沙灘那兒去。」

「為什麼？警長，到底發生什麼事？」傑夫問他。

「我知道的不會比你多。」警長答道：「馬其上校打電話給我，說他們發生緊急事件，要求我幫忙淨空湖面，把人趕到沙灘上去。可能跟他們剛才發佈的警報有關吧，也可能是某架飛機出了問題。其實我不太清楚。」

「我想我們知道喔！」哈蒙自告奮勇地說：「那些飛機緊急升空的時候，我們正在湖面上釣魚，剛好聽到有個相當巨大的東西掉到湖裡去了。」

「負責接電話的中士也跟我說了，不過我不應該跟太多人散佈這個消息，除非能夠確定到底發生了什麼事。」警長告誡我們。

「啊，我們不會說出去的！你別擔心啦！」哈蒙大言不慚地向他保證，一點都沒提到他已經跟他叔叔說了——這樣一來，每個人都可以從報紙上得知這個消息。傑夫發動馬達，跟著警察一起回到沙灘上。我們要求在傑夫家別墅附近的碼頭靠岸，因為我們把腳踏車丟在那裡，而普特尼警長同意了。我們注意到有另一個警察和副警長正在逐一檢查沙灘旁的每一棟別墅，查看是否還有人留在別墅裡。

「不管到底發生什麼事，顯然相當嚴重喔！」傑夫說：「哈蒙，把你的收

音機打開吧。我們乾脆到鎮上去，看看能不能把事情的來龍去脈給搞清楚。」

「掉進湖裡的東西，說不定真是一顆會爆炸的炸彈！」我說道。

「如果是這樣，那就有好戲可看了。」哈蒙附和道：「喂，傑夫，我們帶著這些潛水裝備很麻煩耶，怎麼辦啊？」

傑夫想了一下說：「把它們放進我家的穀倉好了，這樣行動起來比較方便。不過我們還沒辦法掌握整個情況，假使他們一直叫大家不要靠近沙灘，萬一我們想要用這些裝備就沒辦法回來拿了。」

從事情的結果來看，傑夫的想法果然沒錯。平時，傑夫所做的各種判斷通常都是對的，也因為如此，學校裡的孩子總是叫他「粉可靠先生」；他還身兼棒球隊和籃球隊的隊長。回到長毛象瀑布鎮，我們馬上就嗅出一絲不尋常的氣息。廣場上的人群似乎比平常更多，還有好幾輛警局的車子、兩輛空軍的轎車及一輛空中憲兵隊的車輛，全都停在鎮公所前面。廣播電台剛剛宣佈空襲警報已經解除了，而空軍軍方已經要求所有的警察單位配合，協助警告鎮民不要靠近草莓湖周邊區域。廣播員說，可能是有某種意外事件發生了，不過他們還在等待空軍方面發佈更多的詳細消息。

我們決定分頭進行調查，等一下在鎮公所前集合，因為這裡似乎是行動指揮中心。哈蒙前往報社的辦公室，我則到卡斐先生開的理髮店，鎮上的人如果想探聽任何消息，通常都會到那裡去。傑夫決定到警察局去打聽打聽，他假裝想要關切我們早上報的案，詢問他們是否已經展開調查。我們大約十分鐘後回到鎮公所前的石階上，交換彼此所得到的訊息。

哈蒙報告說，報社辦公室簡直就像蜂窩一樣擁擠、忙碌，他們已經派遣幾位文字和攝影記者前往空軍基地和鎮公所，或者是任何可能得到訊息的地方。他們很確定發生了嚴重的意外，不過到現在一點頭緒都沒有。哈蒙有個朋友跟他說，空軍單位非常精明厲害，因此現在有個報社編輯正跟華盛頓那邊通電話，打探西港空軍基地方面是否不小心露了一點口風。

「我在報社的時候，他們也幫我拍了一張照片喔。」哈蒙有點害羞地說。

「拍照片要幹嘛？」傑夫問他。

「因為我把先前聽到的事情都告訴大家，還包括被趕出草莓湖那一段。」

「普特尼警長不是叫你不要說出去嗎？」

「我是說，在我們被趕出來以前……就是早上我到報社時講的啦。我現在當然不會再跟他們說任何事囉！」

「那我跟傑夫呢？」我問哈蒙：「他們難道不想拍我們的照片嗎？」

「我當然說你們也在場，」哈蒙說：「不過他們沒說要幫你們拍照……」

傑夫看了我一眼，我也看著他，然後我們一起看著哈蒙，那眼光彷彿他是一個卑鄙小人。不過哈蒙覺得這時他該擤擤鼻涕了，所以沒有直視我們兩人。

「那麼，警察局方面如何？」我問傑夫：「有沒有什麼蛛絲馬跡？」

「沒有！」傑夫說。「完全沒有！」他又補充說道，還對著人行道旁的消防栓踢了一腳。

「我這裡也一樣哩！」我說：「理髮店裡每一個人都問我知道多少。他們也只知道收音機播報的消息。」

「真不知道空軍方面到底在搞什麼飛機。」哈蒙說道。他突然把頭轉向鎮公所的大門。「或許我們可以偷偷溜進去，展開偵查行動。」

「機會渺茫，」傑夫說道：「他們才不會讓任何人進去呢。」他說得沒錯。道爾警察負責封鎖大門入口，連報社和廣播電台的記者都被阻擋在外，只能留在外面的石階上。大家都想知道更多消息，但只能等待西港空軍基地的指揮官馬其上校出面說明，而此時他正和鎮長及鎮議員開會。

「等鎮長準備好，他會發表一份聲明。」道爾警察向大家保證。不過，道爾忘了有亞伯納．夏普這號人物。亞伯納是鎮議員，而且他的大嘴巴還不是普通的大喔。道爾話才出口，亞伯納就衝出大門，把道爾撞到一邊，然後他用整個廣場都聽得到的聲音大聲宣佈：「他們說，草莓湖裡有一顆原子彈！」

大批記者簇擁到他身邊，全都忙著向他發問，可是亞伯納在人群中推出一條路，三步一併地衝下台階。

「喂！議員先生，你要到哪裡去啊？」大夥兒在他身後大叫。

「我剛剛才想到，我得帶家人到大熊湖去度假一個禮拜！」亞伯納把大家遠遠拋在腦後，急急忙忙衝到街上，轉個彎消失在街角的那一邊。

黑夜大冒險

亞伯納．夏普消失得無影無蹤，但是他說的那幾句話似乎仍然飄浮在空氣中，而且如同野火燎原一般，立刻傳遍了整個小鎮。大家對於他們聽到的談話內容並不是很確定，但是仍然趕緊告訴其他人。我實在很難描述當時的情景。

你有沒有玩過「傳話遊戲」？這是一種很適合大夥兒聚會時玩的遊戲，大概二十個人圍著桌子坐好，然後其中一個人對他旁邊的人說句簡單的悄悄話。等到這句悄悄話沿著桌子傳一圈後，大家可以逐一比較每個人聽到的話，也跟第一句話比比看，而結果常常讓人笑破肚皮，有時候還真是很糗呢！傳話的時候耳朵會有點癢，不過很好玩就是了。

那天下午，長毛象瀑布鎮廣場上的情況就跟傳話遊戲十分類似。亞伯納的話傳到了核桃街，就已經不只是「草莓湖有原子彈」，而是變成「原子彈已經爆炸，整個鎮都覆蓋了含有放射性物質的小水珠」。等到話傳抵布雷克街上的「麥克．柯克倫休閒撞球場」，就變成「蘇俄已經向美國宣戰，而且美國國民警備隊已經動員起來了」。

大批記者只能在亞伯納的奔逃身影背後大呼小叫，但卻徒勞無功。於是他們全部一起轉身衝進議會廳，幾乎把鎮公所的大門給擠爆了，筆記本及麥克風散落四處，連被撞倒在地的道爾警察身上也有幾本。

哈蒙笑得東倒西歪，我和傑夫則趕緊跑上階梯，把道爾警察扶起來站好。我抓起道爾警察的帽子和警棍交給他，還幫他拍掉褲子上面的灰塵，而正當我還在做善事時，傑夫早已快步衝進大門裡，加入那些記者的行列。這招是老把戲了，不過根本沒有用，他才剛衝進去，就發現普特尼警長迎面而來擋住他的去路，其他記者也被警長趕出來，大家統統站在石階上。

「各位先生，麻煩你們在此等候片刻，鎮長會出來為各位發表一份聲明。」他以堅定的口吻說道：「現在請大家耐心等候。」

有些記者忍不住發牢騷，不過他們還是很有耐心在外面等候，直到普特尼警長終於步出門外，讓諸位鎮議會議員魚貫走下階梯。鎮長亞倫佐．斯桂格走在隊伍的最前面，西港空軍基地的馬其上校則站在他身旁。鎮長馬上被廣播電台的記者團團圍住，他們把又長又細的麥克風伸到他面前。

「各位先生！」鎮長以高亢、急促的音調說道：「我要發表一份聲明。」他緊抓著小抄，舉在西裝中間鈕扣的高度，清清喉嚨咳了三次，再瞄幾眼小抄。然後他抬起臉，眼神空洞，凝視著他面前一張張焦急的臉。

「鎮長先生，情況如何啊？」有個記者催促他開口。

「呃，情況如何呢，」鎮長跟著複述了一次。然後他深深吸了一口氣，握著小抄的手不知該往哪裡擺。「西港上校剛剛告訴我……」他開始說話了。

「你是指馬其上校吧？」有個記者問道。

鎮長看起來有點緊張，停頓了一下。「我當然是說馬其上校呀，」他很不耐煩地說：「我不認識西港上校啊！」接著神經質地笑了，記者們也跟著笑。

「馬其上校剛才對我，以及對諸位鎮議會議員說，有件戰略性武器意外從飛機上脫落，這架飛機正在參與……」

「你所說的戰略性武器是什麼意思？」有人問道。

斯桂格鎮長又開始緊張起來，轉身向上校求救。

「那個武器是一種核子武器裝置。」上校語調平板地說道。

「上校，你的意思是說，它是一顆原子彈囉？」

「你真要這樣說也是可以啦，」上校承認：「正確的說法是，它是一個核子武器裝置。」

「不過呢，上校向我保證，那個裝置非常小。」鎮長解釋道。

「有多小？」報社的記者問道。

在這節骨眼上，葛拉罕中尉向前踏了一步，他是西港空軍基地的發言人。

「各位先生，那個裝置的大小屬於軍事機密。」他說道：「我建議讓鎮長繼續向大家說明，然後我們會回答問題，不過回答與否則受到國家安全規定的限制。」他向斯桂格鎮長點點頭，於是鎮長再度把小抄拿起來。

「有件戰略性武器意外從飛機上脫落，這架飛機正在參與今天早上的演習

訓練。」他繼續說道：「我們相信有一個物體掉進草莓湖裡。我要強調『相信』這兩個字，因為目前沒有直接證據顯示那個物體確實沉在湖裡。」

「我們有證據啊！」哈蒙大聲叫道，經過一陣推擠，他躋身於記者群中。「我們聽見它撲通一聲掉進水裡，而且我們知道它所在的位置！」他繼續說。

「很好，那很好啊！」斯桂格鎮長說道，他像是施予恩惠一般，用手拍拍哈蒙的頭，再把他推出視線之外。「空軍方面將會主導草莓湖附近地區的搜尋及打撈工作，直到尋獲該物體為止。」他繼續說道：「同時，我們已經在這個地區展開淨空措施，避免遊客及好奇的民眾干擾搜尋作業。」

然後，躲不掉的問題來了。「它所含的放射性危不危險？」大家異口同聲問道：「放射性落塵呢？」「你們還沒找到它之前，它會不會爆炸？」「我們怎麼知道它安不安全？」

斯桂格鎮長從一堆問題的猛烈攻擊中敗下陣來，眼巴巴地望著馬其上校。上校點點頭，上前一步對著麥克風說話。

「不管是湖水裡或者周圍空氣中，這附近的放射性絕對沒有達到危險程度。」他很肯定地向大家說明：「我要向長毛象瀑布鎮的所有居民保證，我們已經採取了適當的預防措施，而且為了避免有任何不幸的事件發生，該項裝置的設計與未來的打撈作業過程，都已將必要的預防措施考慮在內。各位可以明確且直截了當地報導說，此地沒有任何有害的放射性物質，也完全沒有任何危險性。」

「說到這裡，我希望上述說明能夠解答各位先生的疑問。」鎮長露出微笑說：「現在呢，如果沒有其他事，我還有其他公務要處理，在此向各位說聲抱歉。而我也向各位保證，如果我們有進一步的發展，一定會盡快再度舉行記者會，向大家說明最新情況。」話一說完，他便大跨步越過那群記者，走下鎮公所的台階。他停在人行道上向天空瞥了一眼，那天不算是陽光普照，但是天空相當晴朗、漂亮，於是鎮長打開他那把老舊的黑雨傘，舉到頭頂上，朝著維西街的方向大踏步離開。然而，他還沒走到街角就停下腳步，轉過身來看著那些記者。「有件事我忘了說，」他斜著眼，用有氣無力的聲音說道：「那架飛機已經返回空軍基地，而且沒再發生其他的意外事件。」

趁著鎮長走開時，馬其上校和葛拉罕中尉悄悄步向空軍基地的兩輛轎車，車子停在人行道旁邊。他們就快走到車邊的時候，那些記者突然回過神來，整群人簇擁到他們身邊。有個記者抓住葛拉罕中尉的手肘。

「中尉先生，很抱歉，可以請你再回答一個問題嗎？」

「當然可以！」

「如果放射線不危險，為什麼你們要求民眾遠離湖邊呢？」

「這位先生問得好！」中尉說道，同時也望著馬其上校。

「這只是預防措施罷了，」馬其上校坐在座車的後座回答：「我們不希望有人妨礙搜索作業，而且我們也不希望有任何人受傷。」

「這個小孩說他知道炸彈掉在哪裡，上校您有什麼看法？」另一位記者大聲問道。

上校很有耐心地露出微笑。「我們將會進行完整的調查工作，如果無法確定那個裝置的實際位置，我們也會詢問所有可能的目擊者。」他向大家解釋。話一說完，他的座車從路邊開動，隨即駛離廣場。

哈蒙對著路邊的消防栓狠狠踹了一腳，結果痛得半死，原來他的運動鞋破了一個洞，腳拇趾伸到破洞外面來了。

「LKK爛空軍！」他只能發發牢騷：「如果我的腳趾頭骨折，我一定要控告他們！」

「你真的知道炸彈在哪裡嗎？」從《長毛象瀑布報》派來的人問哈蒙。

「當然知道！」哈蒙氣沖沖地說。「而且我們要向他們證明這件事！」他補了一句，還朝著馬其上校座車離開的方向揮舞拳頭。

「你們接下來有什麼計畫？要怎麼證明啊？」那個記者邊問邊向他的同伴使使眼色。

哈蒙又準備張開他的大嘴巴了，不過傑夫上前一步抓住他的肩膀。「夠了吧，哈蒙，我們留在這裡只是浪費時間。」他說。於是我們走向停放腳踏車的地方，那群記者兀自說些冷嘲熱諷的話，沒一會兒他們又匆匆忙忙衝上鎮公所的石階去找電話。

隔天早晨，長毛象瀑布鎮成為全郡的大新聞。昨天下午，空軍已經派遣潛水人員攜帶特殊裝備進駐西港空軍基地，但是直到夜幕低垂，他們沒能成功找到炸彈的位置。如今整個長毛象瀑布鎮完全進入騷動不安的狀態，居民只要有其他地方可以去，莫不立刻打包行囊走人。一整個晚上，鎮公所和民防緊急工作隊總部不停地應付民眾的詢問，大家都想知道，有什麼方法可以保住他們的農作物和家禽家畜。除此之外，數千公里外的各家報紙與廣播電台為了做現場報導，一直向《長毛象瀑布報》詢問相關問題，使得報社的工作人員整晚忙碌不已。地方上盛傳一個謠言，說是炸彈設有一個安全時限，如果空軍方面沒有及時找到它，解除它的爆炸機制，那麼炸彈便會自動引爆。至於安全時限到底有多長，各式各樣的馬路消息到處流傳，其中最可信的版本是說，空軍方面正在盡力保守這項秘密，以免引發大眾恐慌。

到了上午十點左右，到底是離開小鎮的人較多，還是進入的人比較多，實在很難估算。馬路上交通大堵塞，到處都是空軍的車輛與高級軍官。大批記者和電視攝影小組守在鎮公所外寸步不離。到了中午左右，鎮上所有的旅館房間都已經預訂一空了。熟人一碰面，第一個問題幾乎都是「水到底安不安全，能不能喝啊？」而要打電話到鎮外簡直難如登天，因為所有的線路都被打進來的電話給佔滿了。

我、傑夫和哈蒙坐在斯諾格五金行前的台階上，對準人行道的邊緣丟銅板，也試著動動腦筋，想想接下來到底該怎麼辦。這時候，荷馬．斯諾格從店裡走出來，津津有味地吃著蘋果。

「嗨！」荷馬說。

「嗨！」我們說。

「你們在幹嘛？」

哈蒙用不屑的眼神看著他：「你看不出來嗎？我們正想修好這台冰淇淋攪拌器，這樣一來，我們就有冰淇淋可以吃了。」

「我沒看到冰淇淋攪拌器啊！」荷馬說道，他正在啃他的蘋果核。

「拜託！你總有眼睛可以看吧！」哈蒙冷笑了幾聲：「我也沒看到冰淇淋攪拌器啊。那麼這些東西叫做『銅板』，我猜你八成也不認得吧，因為你在你爸的店裡都負責處理『巨額資金』嘛！唉，這裡有一些銅板，我們正在比賽看誰會先輸掉。」

「好好玩喔！嘿，想不想吃我這顆蘋果啊？還剩一點點喔！」荷馬說道，他手裡的蘋果核已經咬成鋸齒狀，在哈蒙眼前搖來晃去。

啪地一聲，哈蒙把蘋果核打飛到街上，幾隻麻雀立刻飛下來。然後他用兩隻手指夾住銅板，對它吹口氣，對準路邊丟過去。銅板順利以圓邊著地，滾到離路邊不到八公分的地方。哈蒙得意極了，他吹吹指甲，然後在襯衫的胸口處擦擦指甲。

「荷馬，坐下來嘛！」他很客氣地說：「或許我可以教你幾招喔。」

「並不用，」荷馬說：「我老爸不喜歡小夥子坐在台階上。」

「你是想叫我們離開嗎？」傑夫問他。

「並不用，」荷馬說：「只是我老爸不喜歡啦！」

「有人會抱怨嗎？」哈蒙問道。

「有些客人會。」荷馬答：「喂，今天早上我在報紙上看到你的照片耶！」

哈蒙又忙著在襯衫上擦亮指甲。「是啊！」他打了一個呵欠，說：「我有一些重要的消息可以告訴他們。問題是，沒人要相信。」

「你不是在開玩笑吧？你們幾個傢伙真的知道炸彈在哪裡？」

「當然是真的囉！」傑夫解釋道：「可是沒有人要聽我們說。」然後他跟荷馬講述我們釣魚歷險記的全部經過，以及我們聽到有東西掉進水裡，但又是如何被警察趕出草莓湖。「他們不讓任何人靠近湖邊，所以我們沒辦法知道湖底是否有東西。不過，看來它真的是個炸彈喔。」傑夫說。

「對呀！」我也同意：「空軍也沒說還丟掉別的東西。」

「這個嘛，」荷馬沉吟道，他移動那瘦巴巴的身體，爬上階梯坐在我們身邊。「或許你們已經聽爛了，不過我要說，你們真的遇到麻煩囉！」

「是啊！」

「你們需要一個能夠解決問題的人。」

「對啊！」

「我知道鎮上有個最適合的人選。」

「誰啊？」

「亨利．摩里根。在我認識的年輕人當中，他是最聰明的人。」

「拜託，他沒有那麼聰明吧！」哈蒙很不屑地說：「他只不過讀了很多書而已。」

荷馬慢慢轉過身，對著哈蒙怒目而視地說：「至少他會讀書！」

很多人不喜歡亨利．摩里根。大家覺得他是個自作聰明、很惹人厭的人，因為他一定會把功課寫完，別人跟他比起來就顯得很遜。不過事實是這樣的，對亨利來說，功課實在太簡單，還有其他很多事情也是如此。

對於荷馬的建議，傑夫考慮了一會兒。不過只有一會兒。「好傢伙，我覺得你真是一針見血！」他說道：「我怎麼沒想到呢？如果要找任何人幫忙，那當然要找亨利．摩里根囉！我們走吧！」

「亨利有點難搞喔，」荷馬說：「你們得在他心情好的時候才能說動他。」

「那倒是真的，如果你要跟他談釣魚的話。」傑夫說道：「不過，假如你遇到某種麻煩，有某件事需要解決……或者你要知道科學原理之類的事情，那麼亨利就是個老手，而且他會迫不及待想要做。走吧，咱們出發吧！」

傑夫衝到人行道上，他的腳踏車斜倚在街邊的路燈旁，而我和哈蒙在他後面一路追趕。荷馬則留在階梯上，搔搔他那亂蓬蓬的紅頭髮。

「喂！」他大聲喊：「我得等到十二點半，那時我老爸才會放我走啦！」

「你到我家的穀倉跟我們會合吧！」傑夫喊道，他已經騎著腳踏車帶頭衝到核桃街的轉角處了。「我們一個半小時後會到那兒，亨利也會一起來的。」傑夫說。

「你們留在人行道邊的三個銅板怎麼辦啊？」他又大聲嚷嚷。

「給小鳥吃啊！」哈蒙吼回去：「對了，如果銅板上有印地安人的頭像，記得幫我留下來啊！」

大約一小時後，荷馬出現在傑夫家的穀倉外，亨利．摩里根也來了。荷馬喘著氣，臉鼓得像河豚一樣，汗水從他長滿雀斑的臉上不斷滴下來，於是他用紅色的印花大手帕抹了又抹。我們聚會的地方是個加蓋小屋，以前傑夫的老爸在這裡養了很多賽馬，不過現在只是個充滿黴味的舊房間；傑夫把他所有的釣魚裝備和火腿族無線電設備都放在這裡，另外還有一堆他媽不准他放在家裡的其他東西。

「你注意聽好了，」他等荷馬進門後說道：「直到事情完全結束之前，我們決定把這裡當作聚會地點。所以呢，如果你打算加入我們的行列，就得要宣誓入會，然後我才會把敲門的暗號告訴你。除此之外，所有人都不准踏進這個門裡面。」

「讓我參一腳吧！」荷馬懇求我們：「即使我有機會休息一下下，我也絕對不會到鎮上去亂講話。」

「算你一份！」傑夫說完，就砰地一聲把門關上。

荷馬站在原地揉揉眼睛，試著適應房間裡昏暗的光線。「亨利來了嗎？」他問道。

「我在這裡啦！」有個尖銳的聲音從房間角落的陰影裡傳過來。亨利．摩里根坐在那兒，靠在一張老舊的鋼琴椅上；他是在牆邊成堆的舊家具與舊地毯裡發現這張椅子的。他與牆壁間保持一個角度斜斜靠著，頭和肩膀舒服地倚在牆上，腳彎起來鉤住椅子的前腳，而椅子只有兩隻後腳著地，於是他的身體便半懸在空中。亨利以手臂環抱在胸前，眼鏡往上推高架在額頭上，兩眼直直凝視穀倉大樑上糾結的蜘蛛網。

「他正在思考噢，」傑夫說道：「不要打擾他。」

「喔，我幾乎可以聽見他思考的聲音！」荷馬咕噥說道，他用大手帕揮掉箱子上的灰塵，在門邊坐下。

「查理，他那個樣子有多久啦？」荷馬悄悄問我。我抬起一隻手，示意說我不知道，於是他點點頭。我們全都靜靜坐著，亨利正在動腦筋，而哈蒙則在穀倉的地板上練習他最喜歡的擲刀遊戲。每當他丟歪了，刀子在地上發出響亮的匡噹聲時，亨利的身體就會抽動一下，於是傑夫便會瞪哈蒙一眼。突然間，亨利開口問了一個問題，其他人全都嚇得跳了起來，但是他自己的眼睛連眨都沒眨一下。

「我們可以弄到草莓湖的詳細地圖嗎？」

「我爸什麼地圖都有，是從我們郡上的工程單位弄來的。」傑夫說。

「拿一張來吧。」亨利說道，他還是一動也不動。

等到傑夫用手臂夾了一張超大地圖回到這兒，亨利終於讓他的鋼琴椅向前傾正，再撥了撥眼鏡。我們搬了一塊舊門板，橫放在兩個箱子上，把地圖在門板上攤平。亨利叫傑夫指出我們在霧中登上湖岸的地點，也就是聽到炸彈掉進水裡之後靠岸的那一次，然後又叫傑夫回家拿測量用的量角器、直尺和鉛筆。

「我想，根據你剛剛說的訊息，我們可以把範圍縮小到相當精確的程度。」他一邊說著，一邊開始在地圖上畫線，「然後，如果你們想要標出炸彈的精確位置，我是有個辦法啦！」

「什麼意思？如果我們想要？」哈蒙說：「不然你以為我們為什麼找你來這裡？」

「為了蘋果派啊！」亨利說道。

哈蒙看看傑夫，這時傑夫突然僵住，隨即衝到門外，跑進他媽媽的廚房裡。他用盤子裝了兩片還熱熱的蘋果派走回來，而我們聽到他媽媽正在廚房裡大聲咆哮。我們坐在旁邊流口水，看著亨利把蘋果派塞進嘴裡，他邊吃邊跟我們解釋他的點子。他畫了一條線穿過湖面，說這條線代表西港空軍基地轟炸機大致的飛行路線，並跟傑夫確認有沒有畫錯。傑夫用手指比了比，點點頭表示沒錯。然後亨利又畫了一條線，跟地圖上的指北標誌方向平行，再由我們於霧中登上湖岸那點開始，沿著兩百二十五度的方向畫出一條線。這條線與轟炸機的飛行路徑相交於一點，他在那兒標了一個十字記號。

「據你估計，划回岸邊大約有多遠？」他問道。

「哈蒙算出我划了四百八十五點五下，」傑夫說道：「別管那點五下。」

「還用你說？」亨利說：「那無關緊要。看看結果吧。」亨利拿張紙做了一點計算，然後沿我們划船的路線量了量。「划了四百八十五下，假如我們估計這大約等於一百二十公尺，那麼從岸邊開始算，你們的位置會在……這裡。」他又標了另一個十字記號，位置大約在飛行路徑的左邊一點點。

「差不多是那裡沒錯。」傑夫說道。

「那麼，我想我們已經很接近正確的路徑了。」亨利向大家說明。他又沿著飛行路徑畫出一個長方形，把兩個十字記號圈在裡頭。「首先，我們要搜尋這個區域，假如找不到任何東西，再把搜尋範圍從這裡擴展出去。」亨利在第一個長方形外面又畫一個更大的。

「你在說什麼啊？」哈蒙很生氣地大吼：「空軍單位不會讓我們進入草莓湖的啦！」

「我們晚上去啊，」亨利平靜地說道：「那時候不會有人看見我們。空軍單位或許把草莓湖列為禁區，但是他們不可能一天二十四小時都在湖邊四處巡邏的。」

「晚上不是什麼都看不到嗎？」荷馬問道。

「我們不需要看見任何東西，」亨利向我們解釋：「只要在岸邊操作無線電信號機，就可以確認我們的位置了。」

「就算是這樣吧，可是我們要怎麼找炸彈？」

「你有沒有聽過磁力計？」亨利問道。

所有人都一臉茫然的樣子——特別是荷馬。

「磁力計是一種儀器，用來測量地球磁場的強度及磁力線的方向。」又是那種平板單調的聲音，亨利一邊說著，還繼續在地圖上畫線。「地球周圍有許多磁力線，而具有磁性的所有金屬，特別是鋼和鐵，都會對於正常的磁力線分佈形式產生干擾。磁力計便是用來偵測這類干擾情形，所以你們只要拿著它，在搜索區域裡面到處移動，等到它告訴你有東西不對勁了，你就知道附近有某種金屬物質。」

「你的意思是說，它就像是地雷探測器囉？」荷馬問道。

「意思差不多啦，」亨利說：「不過這兩種東西完全不一樣。地雷探測器會發出訊號，一旦它收到反彈回來的強大訊號時，通常表示發現了某種金屬。不過距離遠一點它就失效了，也就是說，它大約只能偵測到地下幾公尺左右。磁力計也有同樣的功用，可是磁力計不會發出任何訊號，它只是感受周圍的磁場，一旦感受到任何干擾情形，它就會有反應。你可以帶著它搭飛機，飛行高度就算是五百到一千公尺，而你還是可以偵測到地表下面的鐵礦礦床。」

「水面上也可以用嗎？」傑夫問道。

「好問題！」亨利說著，順便把最後一片蘋果派塞進嘴裡。「看來你會動腦筋嘛。事實上，如果要偵測水底的東西，必須使用一種特殊的磁力計。你必須用繩索把它綁在船尾拖著走，不過這沒什麼問題啦！」

「哇，天才先生，這些事情全部都好有趣喔！」哈蒙打斷他的話：「可是，我才不要隨身攜帶磁什麼……什麼的啦，而且我敢打賭，其他人也都跟我一樣。那東西哪能真的幫上忙啊？」

亨利看著他的眼神，彷彿他是某種可悲的小人。「這樣吧，我知道哪裡可以借到一個，」他說：「如果方便的話，最好可以請傑夫的媽媽開車載我們到克萊伯鎮，那裡有一家『湖川打撈公司』，我可以商請韓德森先生借我們一個磁力計。」

「好啦，聽你的，聽你的就是了！」哈蒙說：「可是在我看來，這個計畫工程浩大，而我們才這麼幾個人，恐怕辦不到吧。你至少得要有兩架無線電信號機，分別放在岸邊的兩個不同地方，這樣才能夠準確定位吧，而且……」

「我們總共有五個人，」傑夫說道，他數了數人頭。「亨利，船裡面需要幾個人？」

「這個嘛，要有人划船，因為我們不能用你的船外馬達，那樣太吵了。然後有人要負責盯著磁力計的指針，另一個人則要帶著方位接受器，以便確定我們位於預定的路線上……我猜我們真的需要兩個接受器……我有一個可以用，而你這裡也有一個……這樣好了，或許只用一個就好，不過速度可能會比較慢吧。既然你們提到人手的問題，我們等一下可能會忙得團團轉，不過無論如何都要動手。」亨利一邊想，一邊說道。

「我們不必派人操作信號機的發報器吧？」傑夫提出建議：「我們可以把它們安置在岸邊，只要打開電源就好了。」

「可以啊，」亨利同意這樣做。「但是光要把它們設在恰當的地方，就得花費不少時間；而且一定要等到架好之後才能划船到湖面上，不巧的是，每年這個時候，天黑的時間比較晚一點。兩個發報器必須相隔很遠的距離，彼此之間大約是直角的關係。」他用手指著地圖上的兩個點，認為應該把信號機發報器放在那兩個地方；其中一點位於湖的北岸，差不多是我們心目中炸彈落點的正北方，而另一點則大約是轟炸機的推測飛行路徑與湖岸相交之處。

「我知道該把第二個發報器放在哪裡，」傑夫說道：「我家的別墅就在那個地方。我知道轟炸機緊急起飛後，飛機就會飛過我家頭頂。」

「很好！」亨利說道：「我們派哈蒙帶著信號機和對講機守在那裡，負責監視那個區域警察巡邏隊的活動情形。一旦他們有任何風吹草動，就趕緊通知我們。」

「你們出發之後，如果他們也派警察下水，那該怎麼辦呢？」哈蒙問道。

亨利搔搔他右耳上面的濃密頭髮，說：「你的顧慮是對的，哈蒙。有個老謀深算的將軍曾經說過，如果你沒有把撤退的路線算計好，就別想策劃一場進攻行動，而這正是我們必須注意的事情。喂，傑夫，我們要帶著船外馬達，以備不時之需。」

「好耶！那麼工作如何分配？」哈蒙打斷他的話：「我們只剩下幾個小時可以準備囉！」

亨利又抓抓他右耳上面的頭髮，然後在地圖紙的邊緣草草寫了一些字。

「我猜，我們還需要人手幫忙。」他說：「我算了一下，船裡面應該需要四個人才能搞定。你們有沒有什麼意見？」

「找莫泰蒙・達倫坡怎麼樣？」我提出建議：「他是個老資格的火腿族，跟傑夫一樣，我知道他有一大堆設備。」

「沒錯！他是個電子儀器玩家。」荷馬附和道：「不過啊，你得讓他覺得做這件事很刺激才行，不然他不會有興趣的。他是有點怪啦！」

「哎喲，那就不要找他了啦，」哈蒙不屑地說：「我們三更半夜到這麼大的湖裡找一顆原子彈，而且警察和空軍的一半人力在我們的脖子上哈氣，我不知道要怎樣才能讓他覺得很刺激。等真正發生令人興奮的事情再找他來吧！」

這時候，一定有很多人想用拳擊的犯規招數痛毆哈蒙的頸背，不過荷馬太矮了，他根本打不到，只能畏畏縮縮地拼命忍住怒火，喉結鼓碌碌地上上下下動來動去，連耳朵都泛紅了。「好啦，好啦，」荷馬說道：「我會去找莫泰蒙啦。或許他會幫我們的忙。」

「也可能不會喔，」哈蒙回嘴。「我跟你一起去，走吧！」哈蒙話一說完，便拎起荷馬的一隻紅耳朵，推著他走出加蓋小屋門外。

亨利又花了一些時間計算各個方位角。從湖岸邊放置無線電信號機的兩個

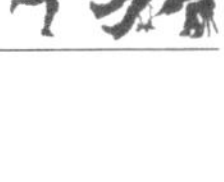

地點，一直計算到他畫在湖裡那兩個長方形的許多點。他在長方形與湖岸之間畫上虛線連起來，再把數據填到虛線上。最後，他把地圖交給我。

「查理，你負責看地圖，所以你就是領航員。」他說：「你必須隨時掌握我們的位置，並告訴我們要如何抵達目的地。你行嗎？」

我先吞了一口水，才回答：「當然囉！我想我可以啦。」

「很好。現在戴好你的頭燈，再準備一塊板子，這樣你才能在船底把地圖攤開來看。我們不能讓岸邊的任何人看見我們，那樣太危險了。」

「遵命！」我說。事實上，我並不知道自己置身於什麼樣的情勢之中。

那天晚上，傑夫和哈蒙偷偷溜進傑夫家的沙灘別墅，在樓上的房間架好一個信號機發報器。然後他們把小艇推出船屋外，傑夫靜悄悄地划著船，沿著湖岸前往火雞山路，哈蒙則留在房間裡操控發報器。我和亨利在路上等待傑夫出現，莫泰蒙也跟我們一道。我們把腳踏車藏在沙灘後方的灌木叢中。

另一個信號機發報器和裝設工具則由荷馬帶著，亨利把他載到湖北岸的一個小湖灣去，我們知道那裡有個「美國海岸及大地測量署」所設置的高度標記；高度標記也稱為「基準點」，是個插在地面上的正方形混凝土小柱子，用來標示某個地點的海拔高度，它的高度數值是經過精確測量的結果。亨利之所以選擇這個地點，便是因為這些標記的設置地點經過精密測量，而且所有的地形圖都以它們當作基準。有了這些基本的參考點，我們掌握精確位置的機會就比較大，一旦找到任何東西，就可以在地圖上把位置標示出來。

等到傑夫把船拖上岸，我們立刻把裝備搬到船上。我的背脊一陣發涼，這幾天我們一直嚷嚷的事，現在是真的要動手做了。

「快一點！」傑夫用緊繃的聲音說道：「警察的巡邏隊可能隨時沿著道路搜索，然後就會發現我們了。」

「噢，該死的爛泥巴！」莫泰蒙大聲叫道，他的手臂上掛著接受器和環狀天線，冷不防在一顆大石頭後面摔倒。

「幫我把船弄好！幫我把船弄好！」傑夫用氣音小聲嘶吼著。

我和亨利跑到水邊，跟傑夫一起又推又拉，終於把船拖進湖邊一小叢高大的蘆葦中。突然有光線掃過我們身上，來來回回照了好幾秒，我們趕緊趴進船裡，後來光線便轉移到岸上去了。掛在傑夫肩膀上的無線電對講機，這時開始劈哩啪啦響個不停。傑夫把天線拉出來，對著話筒說：「我是傑夫。」

「我是哈蒙啦，有一艘巡邏船正在湖面上。你們最好小心點喔！」

「有沒有其他的新消息啊？」傑夫啞著聲音說道：「下回多給我們一些訊息如何？」

「對不起啦，」哈蒙說道：「不過我剛剛才看到光線嘛。」

「我們回去好了。」傑夫快要喘不過氣來了。「亨利，我們不要去了啦！」

「喂，冷靜一點嘛！」亨利語氣平和地勸慰他：「他們要先巡視整個草莓湖，然後才會回到這裡來。等我們把船划到湖面上，他們就不太可能看到我們了，因為他們的工作主要是搜索湖岸地帶。所以呢，現在是從這裡出發的最佳時機。」

「唉，你總是把一切都計畫好了。」傑夫不情願地說道。然後他開始把船推出蘆葦叢。

大約十分鐘後，我們便已各就各位，駕著船划進湖裡。我和莫泰蒙可以從兩具信號機發報器的讀數掌握正確的方位角。我們先前已用粗麻布把槳架包起來，以使划船時的噪音降至最低，而且還把接受器的音量調得很小。有艘巡邏船正以探照燈掃視岸邊，不過它離我們很遠，距離最近的時候還是在一公里之外呢。看來他們絕對沒想到有人會跑進湖面上，所以只是巡邏岸邊，採取預防措施而已。沿著湖岸掃視兩次之後，那艘船便把搜索範圍局限於沙灘前方，也就是靠近長毛象瀑布鎮那一側。

我們在湖面上待了一個半小時，傑夫划著船載我們來來回回地找，主要範圍是亨利在地圖上標示的小長方形區域。磁力計繫在拖繩的末端，跟在我們船後載浮載沉，亨利則蹲在船尾的座位上，用筆狀手電筒掃視儀器上的讀數。有時候亨利會舉起手，示意要傑夫停下來，然後我們會後退一些，再一次划過相同的點，直到亨利確認儀器上沒有任何顯著的訊號為止。這樣一來，要傑夫維持在同一條路徑上實在不太容易，不過我們還能掌握大概的位置，所以問題不是很大。假如亨利發現了令人驚訝的東西，應該有足夠的時間搞清楚我們的確切位置。

我們現在大約距離一個半島岬約一百公尺遠，那個林木蓊鬱的半島相當狹長，由草莓湖的北岸伸入湖中央。這時候，亨利突然間喊了一聲：「哇塞！」我們全部人的心臟簡直要跳到嘴巴外面去了。你可以想像那種情景，當每個人都盡量保持安靜的時候，某人突然間打破寧靜大聲亂叫，那真是會把你給嚇得半死。亨利大叫的時候，傑夫正用力把船槳拉起來，結果他嚇得摔成四腳朝天，一隻槳滑落槳架，還撞到船身發出巨大的匡噹聲。

「後退！後退！」亨利再次大吼。

「噢，大師，就照你說的做。」傑夫回嘴說道：「可是你一定要把場面弄得這麼誇張嗎？」

「不管那是什麼，我猜它還在那兒喔。」莫泰蒙鎮靜的聲音從船尾傳來：「我建議大家靜悄悄地偷溜到它上面，這樣才不會引起別人不必要的注意。」

傑夫重新坐好，他開始搖動船槳，讓大家回到剛剛亨利在儀器上發現不尋常讀數的地點。亨利拉起磁力計，握著它站在船尾，直到我們退得夠遠為止。然後他又把拖繩放回水裡。

「現在速度放慢一點。」他提醒傑夫：「我一舉起手，你就再退後一點，等我叫你前進的時候再前進。」

我們沿著原先的路徑再度折回，等到距離差不多了，亨利舉起他的手，我們全都屏住呼吸。然後他示意傑夫前進一點點，接著又再度舉起手。

「好啦，這裡有東西！」他很興奮地低聲說道：「傑夫，盡量維持船身平穩，我得從兩具信號機讀取正確的讀數。」

我和莫泰蒙盡可能將兩具接受器的頻率調至最接近，並調整環狀天線，直到我們從信號機接收到最大的訊號為止。莫泰蒙接收荷馬設在湖北岸沙灘那兒的發報器訊號，從羅盤上讀取到三百五十度的讀數，我則接收哈蒙設置在傑夫家沙灘別墅的發報器訊號，測得方位角為一百度。我把兩個讀數記錄在地圖邊緣，然後問亨利：「我們現在怎麼辦？」

「今天晚上做得差不多了，」亨利把磁力計收起來，回答道：「我建議大家離開這兒吧。」

他話還沒說完，巡邏艇的強力探照燈便掃射到我們身上。剛才忙東忙西，

沒注意到巡邏艇已經朝我們這邊開過來了。我們全都直覺地低下身子，不過船身實在不怎麼大。光線由另一個方向轉回來，又從我們身上掃過，然後輕輕地移回來，把我們固定於光束中央。手提式擴音器發出巨大的聲音，聲音彷彿在水面上爆裂開來，朝我們這裡撲過來，不過我們聽不清楚。

「跟他們說，我們只是在這兒釣魚啦！」莫泰蒙囁嚅說道。

「這招不會每次都有效啦！」傑夫回嘴道，他正把船槳拉進船裡。「亨利，我們趕緊發動船外馬達吧。」

亨利真是笨手笨腳，他還在跟磁力計纏鬥，想把那些裝備收好放進船底，好讓傑夫有地方發動馬達。巡邏艇正加快速度朝我們直直開來，我們可以聽見巡邏艇馬達劇烈翻騰的聲音。

「有什麼好緊張的？」莫泰蒙堅持他的看法：「他們只能叫我們離開草莓湖吧？」

「是這樣嗎？然後看到我們船上這一堆無線電裝備之類的東西，再問我們到底在做什麼，是吧？」

「你是說，他們會把我們關進牢裡一整夜，那麼我們至少可以吃一頓免費的早餐囉。」

「我就是不想被抓啊！」傑夫叫道。這時船外馬達發出劈啪聲，再變成噗噗聲，最後像小貓一樣地嗚嗚叫。

「往北岸的半島方向前進！」亨利朝那方向大力揮手，嘴裡喊道：「那裡有許多小湖灣可以藏身，我們就不會被發現了！」

「假如我們時間夠的話，當然沒問題！」傑夫回頭瞄了亨利一眼，他同時扭轉馬達方向，朝右手邊轉了一個彎。

比賽就此開始，巡邏艇節節逼近，而我們掉頭轉向半島的方向，滑行進入諸多大樹和峭壁岩石的陰影底下。我們再度躲進黑暗之中，今晚沒有月光，傑夫得減低速度才能看清岸邊的模糊輪廓。我們可以聽見巡邏艇的汽笛聲，而從擴音器傳出的聲音仍舊不斷嗚嗚大叫。

「傑夫，發動馬達，他們快要追上來了！」亨利氣喘吁吁地說道。

「我看不見前面的情形，」傑夫抱怨道：「給我一支手電筒。」

我在整個船底胡亂摸索，終於找到一支手電筒遞給他。就在這時，莫泰蒙啪地一聲打開他自己的強力手電筒，對準湖邊照去。我們正位於半島的北岸邊緣，這裡有許多陡峭的岩石，樹根、巨石與掉落的樹幹在水岸邊盤根交錯，有些地方還有峭直的花崗岩壁，拔高而上直達林木生長的上限，高達五甚至十公尺。離岸邊較遠的水域，還有一些堅固的尖塔狀花崗岩高高突出水面；在白天，這是湖岸邊最生動、美麗的景象之一，但在只有星光的漆黑夜晚，看起來就不是那麼一回事了。

傑夫讓船身跟岸邊保持一定的距離，以免不小心撞到岩石，不過我們還是得靠近岸邊尋找地方躲藏，不然巡邏艇就快要開到半島岬附近了。

「那地方不錯喔！」莫泰蒙大聲叫道，他用強力光束照亮我們前方的湖岸，光線正對準水邊一個狹窄的斜坡，那地方正好夾在兩塊巨大的岩石之間，大約在我們前方六十公尺處。

「真希望我們可以把船開到那兒，」傑夫回答：「可是我們沒時間挑地方了。查理，等我一減速，你就準備接手划槳。」

我抓起一支船槳，亨利則抓起另一支，我們把船槳架在船舷邊緣上。很靠近岸邊的地方有兩個巨大的花崗岩尖塔，它們後方可能有個小湖灣；就算沒有，那些岩石應該足夠讓我們藏身其後，就可以躲避巡邏艇的探測光束了。這是我們唯一的機會。巡邏艇的引擎聲越來越響亮，當它逐漸靠近半島岬時，我們可以感覺到，前方的黑暗已經慢慢被巡邏艇的強力光束給驅散了。

傑夫大開油門，全速衝向兩塊岩石之間的缺口，而莫泰蒙用他的手電筒對準目標。大約距離六公尺遠時，傑夫把馬達改為逆向旋轉，船身在水浪低處搖晃顛簸，然後他把馬達關掉。於是我們安靜地向前滑行，我和亨利發狂似地拼命划槳，小心翼翼地把船划進岩石之間的狹窄裂口。划進裂口時，每個人都伸出手抓住岩石表面，想把船拉進去躲起來。

可是，這裡沒有小湖灣！我們滑過兩塊岩石間，然後還是置身於開闊的水域之上。

「後退！後退！」莫泰蒙叫道，我們全都發狂似地徒手划水，讓船後退停在兩塊岩石之間。我們在那兒上下搖晃，徒手緊緊抓住岩石背面，盡可能把身體靠在上面。巡邏艇的光線一瞬間把黑暗給照亮了，簡直有如白晝一般。不過我們藏匿在岩石的陰影下……幾乎啦，我們的船頭還是從岩石另一側的輪廓邊上凸出來，假使巡邏艇從旁邊經過，舉起光源回頭照一照，完全不費吹灰之力就可以清楚看到我們的船頭，還有莫泰蒙的大臉搖來晃去。

傑夫首先察覺到這個情形。「注意看我的手勢，大家把船往左邊拉，」他叫道：「我們得讓船繞到岩石的另一邊！」

當巡邏艇在我們旁邊激起洶湧波濤時，每個人都用力抓緊岩石，屏住呼吸不敢動。現在巡邏艇移動得很慢，沿著岸邊小心仔細地搜查。它似乎永遠找個沒完，探照燈不慌不忙地在岩石間來回搜索。

「推一下！推一下！」莫泰蒙突然叫道，他還沒等到傑夫的手勢就對著岩石表面用力推。「他們的燈光照到我了！」

我朝右邊瞥了一眼，看到莫泰蒙在探照燈的明亮光束下顯現黑色的輪廓。我出於本能地想要反推岩石的粗糙表面，卻發現岩石不在那兒。我的雙手在我面前著急地不停揮動，還可以感覺到船在我的腳下悄悄溜走。我還記得，接下來我的龐大身軀以驚人之勢，頭上腳下地栽進水裡。

在沒有心理準備的情況下掉進水裡，你一定知道那種感覺。你大概會在掉進去的那一剎那吸一口氣，然後眼冒金星地掙扎出水，隨便從哪個方向冒出來都好。等到我重回水面上，鼻子裡滿是草莓湖的湖水，我甩甩頭，想要看清楚最靠近眼前的東西，結果看到我本來躲藏的花崗石岩壁。我緊抓住岩壁不放，張望四周尋找其他人的下落。他們一個個冒出頭來，慌慌張張地抓住其中一塊大石頭。巡邏艇的燈光又照到我們附近，不過沒什麼收穫，因為我們全都躲在岩石的陰影底下，安全得很。我們便這樣緊抓住石頭不放，等到船的引擎聲隱沒於遠方。這時候，莫泰蒙發出刺耳的叫聲，中斷了這片刻的寧靜。

「喂，你們誰有肥皂啊?我們在這裡或許可以好好洗個澡耶!」他說。

「拜託，我們又不是在演喜劇!」傑夫氣急敗壞地說，他還咳出一口湖水。「趕快找船啦，他們隨時可能會回來。」

他說得沒錯。我和莫泰蒙由岩石旁游出，趁小船還沒漂走之前把它推回兩塊岩石之間。這時候，巡邏船果然又繞回來查看一番。我們全都待在水裡，當光線在附近來回掃射時，我們很有技巧地操控小船，並躲藏在外側岩石的陰影底下。

最後，巡邏艇以為他們看見的是一艘幽靈船，於是一陣波濤翻騰後駛離此地。我們用力拖拉身後的小船，把它拉向岸邊，最後爬上一塊小小的沙灘，這才終於鬆了一口氣，大夥兒一個個倒在沙灘上。

「如果怕晚上無聊，我可以想出比這更好的方法來殺時間。」亨利一邊扭乾他的牛仔褲，一邊喘著氣說道：「我們的其他裝備有沒有弄濕啊？」

「先別擔心這個吧，我們得先把船藏起來，」傑夫說道：「現在還不算完全沒事哩。」

「等一下要怎麼回家啊？」莫泰蒙問道。

「用腳走啊！」傑夫回他一句：「我們可以沿著岸邊走，不過這樣比較遠，或者也可以翻過小山到火雞山路上，走回你們幾個藏腳踏車的地方。我們必須把這艘船和現在帶不走的裝備藏在某個地方，明天早上再回來拿。」

然後傑夫打開無線電，吩咐哈蒙和荷馬不可洩漏今晚的事情，並告訴他們明天早上大家約在他家穀倉見面。我們沿著岸邊四處張望，終於在遍地岩石與灌叢之間找到一個小洞穴，把小船拉到裡面藏起來。我們把大部分的裝備放在船裡面，只帶地圖、磁力計和零零碎碎的東西回去，然後用防水布把船蓋好。大家得先攀爬半島上的峭壁，穿越一片偶有大石塊的崎嶇林地，才能到達湖邊的陸地；接下來還得翻過幾座位於湖邊與火雞山路之間的小丘陵。經過一個又一個的驚險場面，我想一定回不去了，可是最後終於還是走到火雞山路的堅硬路面上，而且剛好看到荷馬騎著腳踏車準備回家，內心真是高興極了。我自告奮勇跟荷馬一起騎一段路，然後牽兩輛腳踏車回來，這樣可以節省一點時間。雖然如此，我回到家裡已經快要半夜了，還跟我媽你一句、我一句吵了很久。她問我又野到哪裡去了，還有為什麼不能早一點回家等等。不管怎樣，等到終於可以上床睡覺的時候，我的心情好得不得了。蓋著棉被伸伸懶腰，心裡覺得這天晚上真的實現了某種夢想，就這樣想著想著，一下子就睡著了。不知怎麼的，我就是可以確定，我們已經找到炸彈的位置。

然而，過沒多久我們就發現，要說服其他人可沒那麼容易呢。

亨利的大挫折

隔天早上，我們全體到傑夫家的穀倉集合，以便決定下一步要怎麼做。昨天晚上，我們用兩個信號機發報器測好方位角，亨利把數字仔細地畫在地圖上，然後在兩者相交的地方標了個紅色的粗線圈。

「我想，假如我們拿這張圖到鎮公所去給斯桂格鎮長看，他或許會說服空軍派潛水人員到那兒去瞧瞧。」亨利說道。

「假如他們在那裡發現炸彈，大家應該會把我們當成英雄。」莫泰蒙說。

「是啦，一定會跟上次一樣，」哈蒙咕噥道：「我只不過被拍拍頭，然後腳趾頭痛到爆。」

「可是，根本沒有其他的方法啊！」莫泰蒙評估了一下：「我還是贊成亨利的想法。」

經過表決，大家認為最好的方法就是帶我們的資料殺到鎮公所去。哈蒙氣得大叫，他認為我們應該到《長毛象瀑布報》的辦公室去，把我們知道的所有事情都告訴報社，可是沒人支持他。照事情後來的發展看來，我們實在應該聽哈蒙的話才對。

在那段時間，想要見斯桂格鎮長或任何重要人物一面，根本就是不可能的事。鎮公所和鎮中心廣場擠滿了我們從未見過的人，而且這附近交通大堵塞的情形真是令人難以置信，有州政府派來的車子，有郡公所派來的車，還有農業部的車子，空軍的，紅十字會的，到處都是車子。由西港空軍基地派來的空軍憲兵隊正在幫忙指揮交通，因為普特尼警長已經人手不足了。

鎮公所前有個身穿白色長袍、腳蹬涼鞋、白髮斑斑的老先生，他舉著牌子在台階上來回走動，牌子上寫著：「炸彈爆炸前請悔改！」幾個新聞攝影記者和電視攝影小組對著他猛拍；而如同往常一般，還有一群衣衫不整的小鬼和幾隻流浪狗跟在他後頭走來走去。只要晃到攝影師面前，那些小鬼就會對著照相機做鬼臉，而流浪狗則把鼻子舉得高高的，對著空中嚎叫。我可從來沒看過廣場上有這麼多令人興奮的事情，除了後來有一天，我們讓一個真人大小的模特兒飛過漢娜．金寶雕像的頭頂，結果把創鎮紀念日的遊行搞得一團亂。

儘管有很多人因為太過驚慌而趕緊逃離長毛象瀑布鎮，但鎮上還是熱鬧滾滾。似乎每有一個人逃走，就會吸引兩個人到鎮上來，其中一人或許是因為任務在身，另一個人則可能是眼看有機可趁囉。看看賽斯．霍金斯這個好例子就知道了。我們沒多久就發現，大家之所以沒辦法見到斯桂格鎮長或相關單位的任何一個人，最主要的原因就是出在他身上。

賽斯．霍金斯曾經代表長毛象瀑布鎮出任國會議員，時間長達三十七年之久。他不讓任何一家報紙刊登他的照片，唯一的一次是他首度進軍美國華府時，照片刊登在《長毛象瀑布報》和《克萊伯鎮時報》上。如今長毛象瀑布鎮受到全國矚目，賽斯立刻在相關行動中成為「隨時待命」的角色。他也已經對外宣佈，只要他與斯桂格鎮長和馬其上校磋商完畢，便會立刻舉行記者會。

我們跟在亨利後頭，一夥人在鎮公所到處閒晃。亨利不斷找人攀談，希望有人願意相信他的話。然而不管他跟什麼人說，那些人的回答都一樣：「聽起來很有趣呀，小弟。你怎麼不把地圖拿給馬其上校看呢？」可是馬其上校和斯桂格鎮長、眾議員霍金斯一起鎖在會議室裡，沒人可以見到他。

「真是夠了！」哈蒙終於說道。他從亨利手中把地圖搶走，昂首闊步走出鎮公所，筆直朝電視攝影人員走去，那些人正懶洋洋地躺在榆樹下休息。

亨利呆立在原地，嘴巴張得老大，而我和傑夫則跟在哈蒙後面走出去。哈蒙邁開步伐，走下石階，穿過街道，然後在空中揮舞著地圖，扯開喉嚨大聲叫道：「嘿，你們這些人！你們很想知道炸彈在哪裡是吧？炸彈就在這裡！」

一大群記者和攝影師擠到哈蒙身邊，他指著地圖上的線條和圈圈，口沫橫飛地解釋那些符號代表的意義。

「喂，小子，你在哪裡拿到這份地圖？」有個記者問道。

「這是我們的地圖！」哈蒙兇巴巴地回答。

「那麼，是誰在地圖上畫了這些記號？你又怎麼知道炸彈位於符號標示的地方？」

「我們畫的啊，」哈蒙說：「我們花了一整晚的時間，拖著磁力計在整個湖面上到處跑，所以就發現炸彈啦！」

「磁力計是什麼？」另一個記者問道。

「就是測量磁力的儀器啦！」傑夫悄悄地說。

「喔，就是測量磁力的儀器啦，你這個笨蛋。」哈蒙說：「你們這些傢伙對科學一點概念都沒有嗎？」

這時候，亨利也走到我們這邊來，傑夫便把他推進人群中央。亨利以平靜的口吻向記者解釋那張地圖的內容，而傑夫則用手肘把哈蒙頂到後面去。記者之中有個大個子、瘦巴巴的男人，頂著亂蓬蓬的紅髮和一臉的雀斑，他對於地圖特別感興趣。

「這是真的嗎？」他問亨利：「你們這些小子真的到湖面上去？難道你們不怕放射線？」

「噢，拜託你喔！」亨利說道：「你想想看，那些警察在湖上幹嘛？如果有放射線，他們根本就不會到湖裡去啊！」

「說的也是。我完全沒想到耶！」

「好了啦，簡金斯。」有個記者很不耐煩地發牢騷：「這些小孩根本是胡言亂語。他們只不過撿到一張地圖，上面剛好畫了一堆記號而已，誰說他們真的知道炸彈在哪裡？」

「我沒像你那麼肯定喔！」簡金斯說。

「你少白癡了！」一個背著相機的矮小男人說：「我們得跑到頭條新聞才行，而你居然跟這些小毛頭鬼混，假如這時有大消息，我們就會漏掉啦！」

「你這是什麼意思？大消息？在我看來，空軍方面根本什麼消息都沒有發嘛！」簡金斯說道：「今天說不定只能寫寫『一群小孩認為他們知道炸彈的位置』，八成就只能跑到這種新聞了。」

「隨便你，」攝影師說：「不過，我覺得你被騙了。這些小鬼只會扯你後腿。」

「簡金斯先生，等一下，」傑夫上前一步說：「我們幹嘛扯誰的後腿？我們絕對沒有騙人，可是沒人相信我們說的話。炸彈掉下來的時候，我人正在湖面上，我們真的知道它掉在哪裡；嗯，至少我們認為它是那個炸彈！」

傑夫帶了一點不確定的語氣，結果招來那群記者的竊笑和耳語。矮小的攝影師聳聳肩，那樣子像是「我就說嘛！」然後拖著雙腳走回樹蔭下，他的器材都放在那兒。不過他馬上又跑回來了。

「嘿，簡金斯，你看！你看街上發生了什麼事！」矮攝影師大聲嚷嚷：「哇，我得趕快把這個給拍下來！或許可以幫晨間新聞跑到一則報導了。看那邊，你看那邊啦！」然後他衝回樹下抓起攝影機。

我們全都朝他指的方向望去，維西街那邊出現一整排黑雨傘，隊伍佔據了整個路面，而且一直延伸到街角。走在隊伍最前面的是艾比・拉拉比，她是「大長毛象瀑布鎮花園協會」的會長，也是「自然花木之友會長毛象瀑布鎮分會」的主席。她高舉雨傘不斷地揮舞，雨傘上頭可以看到「前進，再前進！」等字樣。她的右後方有位身材粗壯的女士，得意洋洋地高舉一把巨大的海灘傘，整把傘染成黑色，上頭則漆有「草莓湖裡不准進行核分裂！」字樣。其他的雨傘也寫了各種標語，像是「立刻找到炸彈！」、「噴射機滾出鎮上！」以及「『炸彈』是兩個字的髒話！」等等。

人群從維西街兩旁的商店及公司蜂擁而出，大家都跑出來看遊行隊伍。有些人看了標語哈哈大笑，很多人則對她們發出噓聲，不過大多數的旁觀者還是適時為她們鼓掌，幫遊行隊伍打拍子。拉拉比太太優雅地點點頭，向街道兩旁的掌聲表達謝意，隨即朝前方走去。她身後的壯女士則緊緊盯著鎮公所的鐘塔，依舊邁著堅定而緩慢的步伐。跟在後面的女士大多帶著嚴正和憤怒的神情，不過還是有人在眾目睽睽之下覺得很不好意思，她們聽見旁觀者的噓聲不禁羞紅了臉，只能不斷傻笑。

她們走到鎮公所前與維西街交叉的丁字路口，大批攝影師和記者已經在那兒恭候多時了。不過女士們繼續直直往前走，沒有停下腳步，於是整群新聞記者緊跟在後，使勁地問問題並趁機拍照。矮小的電視攝影師和簡金斯先生跑到拉拉比太太前方，他們兩人倒退著走，以便為她拍個特寫鏡頭。攝影師只不過稍停一步，倒轉錄影帶，拉拉比太太便把他推到右邊，害他一個踉蹌跌倒在地，擋住了後面壯女士的去路，於是壯女士像是打保齡球一般推他滾了好幾圈。攝影師跌了個四腳朝天，攝影機也滑到人行道的另一邊，這時雨傘遊行隊伍的前四排繼續從他右邊大踏步走過去。

遊行隊伍在廣場右邊突然轉向，她們在鎮公所台階前方停下來，隊伍排成半圓形。女士們把手中的雨傘舉高，開始大聲喊出雨傘上面寫的口號。拉拉比太太身旁有三個人護衛著她，她們一起舉步登上鎮公所的台階，而壯女士依舊守在她的右後方，高舉海灘傘昂首闊步前進。

「走吧！」傑夫叫道：「我們得趕快找個好位子，好戲要登場囉！」

我們急急忙忙穿越街上的旁觀人群，爬到鎮公所前方的行道樹上。我才剛一屁股坐在楓樹的樹枝上，拉拉比太太也正好走到最上面一階。她立刻與道爾警察來了個正面遭遇，道爾拿著警棍在背後前後搖晃，他的八字鬍也隨著節奏上下跳動。道爾警察兩旁各站了一位空軍憲兵，他們成稍息姿勢站好。

「道爾先生，您有何貴幹啊？」拉拉比太太用最傲慢的語氣問道。

「我正在執勤呢，夫人。」道爾回答，他轉身吐了一口咖啡色的痰，剛好落在身旁憲兵的兩腳中間，憲兵的一雙靴子擦得雪亮呢。「鎮長正在跟霍金斯眾議員及馬其上校開會，在會議沒有結束之前，誰都不准進去。」

「哼！」拉拉比太太說。

「哼！」她身後的壯女士說道。

拉拉比太太往旁邊踏了一步，尖聲叫道：「瑪蒂達！」

「艾比啊，跟我來！」壯女士大吼一聲，欺身向右，鑽進道爾和一位空軍憲兵之間，將他們往兩旁撞開，彷彿他們根本是兩堆稻草似的。

拉拉比太太把重心移往右腳，動作簡直跟四分衛一樣熟練，然後她緊跟在中鋒後面，穿過人牆間的缺口，消失在鎮公所大廳的暗影之中。

女士們群聚在鎮公所的台階下，她們發狂般地又叫又跳，還把雨傘高高伸向空中，一群人尖聲叫著：「打倒他們啊，瑪蒂達！」還有「做得好啊，艾比！」瑪蒂達．普拉特，就是那個高舉海灘傘的壯女士，她之所以成為眾人的英雄，而且在長毛象瀑布鎮聲名顯赫，大概有以下兩個原因：第一，她的體重超過一百三十五公斤；第二，她生了十三個小孩，而且全部都是女生！學校老師總是說，他們一眼就可以看出普拉特家又有小女孩來上學，因為只要看小女孩穿的衣服就知道了。有個老師宣稱，她班上已經超過十年都出現同樣的衣服，可是每一年都是不同的小女孩穿那件衣服。有一年，莉莉安・普拉特念五年級的時候被留級，問題就來了。莉莉安穿了六年級的衣服，而老師根本搞不清楚，於是每天早上都送她到六年級的教室去，她在那裡也念得很好；過了好幾個禮拜，學校裡的老師才把狀況弄清楚。

不管怎樣，我們都知道好戲立刻要上場了。只要普拉特衝進會議室，那麼會議肯定別想開下去了，光是她那龐大的身軀就會把房間給擠爆。果然過沒多久，普特尼警長就出現在台階上方，迎向女士們的咆哮聲和尖叫聲。她們拿著雨傘上下搖動，嘴裡反覆誦念口號，終於普特尼警長舉手要她們安靜下來。

「女士們！女士們！」他竭盡全力嘶吼：「請大家要有耐心！」

「我們要見到鎮長！」好幾位女士一同叫道，還衝上台階擠到警長身邊。

「我們要見到馬其上校！」又有其他人一邊推擠，一邊大叫。

普特尼警長毫無退怯之意，不過他還能怎麼辦呢？你又不能在大庭廣眾之下推開身旁的女士。她們迫使警長後退到鎮公所門前，他只好張開雙臂站在那兒抵擋眾人，空軍憲兵和道爾警察則擋在左右兩邊。

「女士們！女士們！」他不斷懇求大家：「我只是要出來告訴大家，眾議員、鎮長和馬其上校都很願意出來跟大家說話。」

「他最好快點出來，不然他就別想吃晚餐了！」人群中有個高高瘦瘦的女士怒氣沖沖地說。

「噢！斯桂格太太，您好啊！」普特尼警長很有禮貌地摘下帽子：「真沒想到會在這票……呃，這群優雅的女士之中看到您哪！」這時候警長已經被擠到門裡面了，他只能用腳奮力頂住身體。

「好吧！算你識相！」斯桂格太太說，她拼命想要站直身子。

「你如果敢再講那種話，以後就別想吃晚飯了！」一個矮矮胖胖的女士說道，她也推擠到群眾前面來。

哈洛德．普特尼警長的嘴巴張得大大的，然後他氣急敗壞地瞪著那位女士，問道：「潘妮洛普，妳在這裡幹什麼啊？」

「我來這裡聽演講啊。」

「什麼演講?·沒有人要演講啊。」

「嘿嘿，哈洛德．普特尼，一定要有人出來說話，不然我們是不會離開這裡的。現在你趕快滾進去，把那些好心的紳士給我請出來！」

普特尼警長咕噥了幾句，把帽子壓回自己頭頂上。他聽了那些話後，竟然真的回過頭去，邁著搖搖晃晃的奇怪步伐，大踏步走進鎮公所裡。這還是他的執勤時間哩。要不了一分鐘，艾比．拉拉比和瑪蒂達．普拉特便從大門走出來，她們把其他女士趕到外面台階上，大家在台階上排成緊密的隊形，手裡的雨傘舉得高高的。斯桂格鎮長隨後立刻現身，馬其上校和霍金斯眾議員也跟在他身後。他們三個人之中，只有馬其上校看起來比較鎮定，神態十分輕鬆，我猜想，這是因為他不必擔心有人不把票投給他。

斯桂格鎮長在台階上停下腳步，他非常緊張，手抓著衣領扯來扯去。「各位女士，今天很高興在這裡看到大家，」他說：「我敢肯定，其他……」

「斯桂格鎮長，大家想知道你們會如何處理那個炸彈！」拉拉比太太語氣平靜地說。

「呃，好吧！」鎮長說道：「當然啦……你們想知道炸彈的事。這個嘛，我這樣說好了……」

「我們知道炸彈在哪裡，它在草莓湖裡。我們想知道你們如何處理這件事。」她的態度十分堅持。

「噢，當然，你說的一點都沒錯！」鎮長說：「這個嘛，其實啊，拉拉比太太，我們並沒有百分之百確定炸彈掉在湖裡。不過我可以向你保證……」

「如果炸彈不在湖裡，怎麼可能找不到？」低沉的聲音來自普拉特太太。斯桂格鎮長的臉明顯抽動了一下。「首先，我要向各位女士保證，目前沒有任何的危險性。馬其上校已經向我保證……」

「我家種的牡丹花為什麼全都枯掉了？」拉拉比太太問道。

「我家養的雞已經兩天沒生蛋了！」另一位女士說。

「水喝起來也不太對勁啊！」又有人說道。

這時，人群的情緒一觸即發。女士們開始高喊口號，大聲抱怨，還舉起雨傘用力伸向空中。接著，她們開始按照節拍用力跺腳，過沒多久，又每八個人

圍成一圈團團轉，每個人只要經過斯桂格鎮長面前，便朝著他揮舞拳頭。斯桂格鎮長舉起手，示意要大家安靜，他也試著要開口說話，可是沒人要聽。

過不久，拉拉比太太刺耳的叫聲壓過周遭的喧囂。「我們要的是行動，斯桂格鎮長，我們不要聽你辯解！」她大聲喊道。

「拜託各位女士，拜託啦……」鎮長示意要大家安靜下來，懇求大家聽他說話。「拜託大家聽我說啦！」可是他的聲音抵不過四周的叫嚷聲，一波又一波的抱怨聲浪不絕如縷。

「我家今天早上擠的牛奶都酸掉了！」

「我家的草皮變成咖啡色了！」

「我家寶寶突然長疹子，她以前從來沒有這樣啊！」

「還有我們都不能沖馬桶了！」莫泰蒙扯著嗓子大喊。

傑夫用手肘狠狠地頂他的肋骨，害他差點從樹枝上跌下來。「給我閉嘴！」傑夫咬牙切齒地說道。

「哎喲，那麼白痴，你受得了嗎？」莫泰蒙忍不住抱怨：「這些太太實在很誇張耶！」

「好啦！好啦！」傑夫說道：「不過她們很有種啊！我們也要找機會吸引鎮長和馬其上校的注意力才行。」

那些女士繼續轉圈圈、大聲抗議，斯桂格鎮長則哀求普特尼警長趕緊想辦法對付示威活動，可是警長一個勁兒地搖頭。

「鎮長先生，你說我該怎麼辦？把她們全都關進牢裡嗎？」

「這個嘛，總是有辦法的啊！喂，你不是警長嗎？」鎮長向他大叫。

「我當然是啊！」警長也吼回去：「可是，又沒人教我要怎麼對付女士！」

就在這時候，有幾位攝影師爬到台階上，他們聚精會神地拍攝整個過程。其中有個人不停向女士們揮手，請她們把雨傘上的標語對準攝影機，另一個人則把麥克風長桿伸到她們頭頂上，要她們喊得越大聲越好。甚至有一個攝影師折斷樹枝遞給其中一位女士，還跟她說：「我們拍到你的時候，你就拿樹枝對著鎮長搖晃，可以嗎？」

一旦她們意識到有人正在攝影，每個人無不使出最特殊的招數，希望比別人得到更多的矚目。有些人向鎮長吐舌頭，動作十分粗魯，甚至有兩個人對著鎮長大聲喊著：「吥！」不過效果不大好就是了。要在這種聲勢浩大且震耳欲聾的場合吸引別人注意，她們還得好好練習一番呢。每個人都想在攝影機前面搶到好位置，結果有許多人撞成一團。

最後，普拉特太太走下台階，奮力擠進人群之中。她伸長手臂拖出兩位女士，用力搖晃她們。突然間，吵鬧聲停止了，女士們又在台階前站住不動。

斯桂格鎮長清清他的喉嚨，緊張地扯動衣領。然後，他的視線停在人群中的斯桂格太太身上，她剛好站在鎮長面前。

「哈囉，老婆！」鎮長擠出緊張的笑容面對她，還不停地扭動手指。

「亞倫佐，你說些話啊！」斯桂格太太說：「女士們全都洗耳恭聽呢！」

「呃……好啊……你說得沒錯……」鎮長說。

「所以呢？」拉拉比太太說。

「我來回答你們的問題好了。」鎮長說：「有沒有什麼問題要問啊？」

四周一片死寂。

「一定有人想問問題吧？」鎮長說。

「我們想問的問題全都問過了啊，」另一把海灘傘下傳來普拉特太太的低沉聲音：「我們正在等你的答案，現在就要！」

斯桂格鎮長顯得不知所措，不過他的運氣不錯，就在這時，群眾後方掀起一陣騷動，把大家的注意力吸引過去。

簡金斯先生站在那兒，就是那個紅頭髮的電視台記者，他在頭頂上揮舞我們那張草莓湖地圖，亨利便站在他身旁。當他們朝向鎮公所台階往前走時，傑夫一溜煙地爬下楓樹，衝到對街跟他們會合。

「我有個問題想要請教馬其上校。」簡金斯先生說，洪亮的聲音想必每個人都聽到了。「斯桂格鎮長，你們說，現在無法肯定炸彈確實掉在草莓湖裡，而昨天馬其上校也說，潛水人員已經在湖裡進行了徹底的搜尋工作。上校，我很想知道，你的潛水人員有沒有找過草莓湖的這個區域呢？」他指著亨利標在地圖上的長方形區域說道。

馬其上校仔細研究那張地圖。「噢，有啊！」他說：「我知道那個區域。

我收到一份報告，說是有幾個小男生在那附近釣魚，他們聽見有某個東西掉到湖裡的聲音；或者該說他們以為聽到聲音。我們最先搜索的區域就是那裡。」

「你的意思是說，也許那些小孩根本沒有聽見任何聲音？」

「這我就不曉得了，」上校回答：「你也知道類似這樣的情形，我們總是收到一大堆奇奇怪怪的目擊報告，目擊者更是什麼人都有。當然我們必須對大多數的報告進行調查，可是其中絕大多數都只是想像力太豐富的結果，有些甚至是故意編造的惡作劇。我所知道的是，我們已經找過那個區域了。」

「先生，抱歉打擾您一下，」簡金斯先生身後傳來一個尖細的聲音：「你們在那裡找到什麼東西呢？」

亨利走出人群，面對著馬其上校，上校看起來有點吃驚。「你的意思是？」他問道，然後先看看亨利，再望向簡金斯先生。

「先生，我想知道，你們的潛水人員在湖裡搜尋，有沒有找到任何東西？」

「這個嘛，沒有耶，顯然是沒有。」上校說道，他覺得十分有趣，臉上開始露出笑容。

「沒有找到？可是他們必須找到某種東西啊！湖裡真的有東西。」亨利的態度十分堅持。

「他們沒找到，」上校無奈地聳聳肩，說：「他們徹徹底底搜索過整個湖底了，你也知道，那個區域非常深呢。」

「我當然知道囉，」亨利說道：「不過那裡真的有東西，而且是金屬物體喔，對那個區域來說，這可是大大異常的現象呢！」

「大大什麼？」

「大大異常啦，先生。我幾乎可以肯定，那個東西絕對是炸彈。」

「年輕人，我不知道你在說什麼，」馬其上校說，這回他露出諒解的笑容。「我只能說，我們已經把炸彈掉在那個區域的可能性給排除了。」

就在這時，眾議員霍金斯冒冒失失地走到人群前方，他似乎很擔心他還沒說到話，人群就解散了。他用力張開雙手，作勢要大家安靜下來，然後他露齒而笑，向簡金斯先生自我介紹。

「先生，如果你不介意，我必須向這個年輕人問個問題。」

「隨便你問吧，」簡金斯先生說：「他又不是我的小孩。」
「噢，這個嘛，年輕人，你說你在湖裡找到東西，那是什麼東西啊？」
「霍金斯先生，我們並沒有找到實際的物體。」亨利答道：「不過，我們確實偵測到一個具有磁性的異常物體，就在地圖上標示的地方。」
「噢，這樣啊！我想你也是這個意思，我只是要確定一下。」
「可是我並沒有很肯定喔，」亨利說：「我只說我們發現一個異常物體。」
「噢，好吧……好啦！就連笨蛋也知道你的意思啦。」霍金斯說道，他隨便便在亨利頭上拍了幾下。你幾乎可以看到亨利頸背上的毛全都豎起來了。
「你知道的，簡金斯先生，我們這些本地人都知道，草莓湖是個釣客的天堂。從這件事，我很驕傲地發現，我們這些年輕的下一代，對於炸彈方面的問題及其可能的效應，展現了相當程度的關切……」他繼續說。
「眾議員，您是不是想要發表談話呢？」簡金斯先生打斷他的話。
「我正在說啊，」霍金斯先生接口說道，連停下來呼吸都沒有。「首先，我要澄清一項事實，我並不打算袖手旁觀……」

「關於這一點，您要說的我都知道啦！」簡金斯先生說：「眾議員先生，如果您不介意，我希望能在攝影機前請教您幾個問題。」

「噢，這位先生，當然沒問題啦！」霍金斯先生說道，他很親切地脫下帽子，讓人護送他走到鎮公所台階的角落。矮攝影師已經把攝影機架在活動腳架上，另外有一小群記者也靠攏過來。亨利不得不跟著一起去，因為眾議員緊緊抓住他的肩膀不讓他走。女士們開始湧上台階，她們全部圍繞在這群記者身旁，而斯桂格鎮長及馬其上校則被推到鎮公所大門裡去了。

霍金斯眾議員突然成為大眾的焦點，他顯然清楚得很。電視攝影小組都還沒準備好，他就開始侃侃而談了，結果簡金斯先生只好兩度打斷他的話。

「先生，我想請教您幾個問題，不過請您稍待一分鐘。我們得先調整一下音量。」接著他在眾議員面前設了一支麥克風。「請您先說幾句話，現在開始吧！」

「你要我說什麼？」

「隨便，隨便說什麼都可以。我們只是要調整您的音量。」

「這個嘛，我不知道要說什麼……嗯……我想不出要說什麼耶。」

「這樣很好！」簡金斯先生說，他向音效工程人員比了個手勢。「這樣很不錯，我想我們現在可以開始了。」

這時候，哈蒙和我手腳並用，從那群女士之間奮力鑽出來，我們偷偷溜到一根花崗岩柱子底下，剛好在傑夫和莫泰蒙身後。群眾之間瀰漫一股興奮的情緒，大家不斷推擠，每個人都想知道眾議員到底要說什麼，或者也想質問他一些問題。哈蒙似乎也興奮過度，他開始跳上跳下，不停對電視攝影機做鬼臉。然後他挺身而出，右手臂不斷揮動做手勢，像是要發表演說；過沒多久又忙著擠眉弄眼，像橡皮一般做各種怪表情，然後又裝成斜視，把自己弄得像白痴一樣。人群實在太擠了，傑夫好不容易才移到哈蒙身邊，用手肘猛撞哈蒙的肚臍部位，害他摔倒撞在花崗岩柱子上。有時候，這個哈蒙實在有點傷腦筋。

簡金斯搖晃霍金斯眾議員面前的麥克風，對它吹了幾口氣，然後清清喉嚨：「眾議員先生，我從重要的問題問起……您認為這顆炸彈有沒有危險？」

「這是個很傷腦筋的問題，」眾議員說：「我無可奉告。」

「那麼，放射性危不危險？」

「這個嘛……唔……」霍金斯先生環視周圍女士的臉龐。「我想馬其上校已經充份回答這個問題了……唔……」

女士之間掀起一陣騷動的聲浪，普拉特太太舉起她手中的巨大海灘傘，開始對眾議員不停搖晃。

「然而，我要指出的看法是……有很多因素需要考量，」他繼續說道：「而我也確定，諸位美麗的女士基於很好的理由提出她們的訴求……而且……哼哼……而且她們的意見也必須有人重視。」

群眾對這句話爆出「你看吧！你看吧！」的歡呼與叫喊聲。霍金斯眾議員本來翹左腳，現在則換成翹右腳，看似坐立不安的樣子。

「你沒有回答我的問題！」簡金斯先生說。

「你的問題是什麼？咦，我沒有回答嗎？」

「沒有啊！我問你放射性有沒有危險，你認為如何？」

「我以為我已經回答了呢。」霍金斯說，他用一條彩色大手帕擦擦額頭。

「好吧！我問另一個問題好了。你認為空軍方面是否已經盡全力尋找炸彈？換句話說，眾議員先生，你對於空軍目前的處理情形還滿意嗎？」

「麻煩你再說一次好嗎？」

「你認為空軍方面做得好不好，霍金斯眾議員？」

「噢，很好啊！很好啊！空軍單位一直都做得很好啊。他們做事很有條理喔，很有條理喔。」

「可是，你認為他們在找炸彈這方面做得很好嗎？」

「這個嘛……他們還沒找到炸彈吧，找到了嗎？」

這次換簡金斯先生擦額頭的汗水了。「我再問你另一個問題好了。你認為這些小孩是不是可能找到炸彈……而且空軍方面不願意聽他們的說法？」

「在這個自由的社會中，任何事情都有其可能性，」眾議員說道，他又換腳了。「這也就是所謂的民主啊！我以前說過，經過一次又一次的……」

「喂，眾議員先生！你可不可以直接回答問題啊？」簡金斯打斷他的話：

「你認為這些小孩是否可能找到炸彈？」

「我正要回答呀，就如我剛才所說……」霍金斯把亨利拉到他身邊，又拍拍他的頭。「……我們必須在年輕人身上尋找未來的答案，而我……」

「真是非常的謝謝您，眾議員先生，」簡金斯從他手上把麥克風搶走。「謝謝您……我是『我看電視台』的理查．簡金斯，在長毛象瀑布鎮公所為您所做的報導，我們剛剛在這裡訪問了眾議員賽斯．霍金斯……」

這時，亨利完完全全受夠了，你可以看到他的耳朵從亂蓬蓬的頭髮下面伸出來，它們平常可都是蓋在裡面的喔。他從霍金斯眾議員那汗涔涔的臂彎裡掙脫出來，再把簡金斯先生手中的地圖搶走，然後重重步下鎮公所的台階，越過草坪離去。好幾個記者跟在他身後。你實在很不容易看到亨利抓狂的樣子，而當他真的抓狂時，頭皮會前後抽搐，眉毛上下跳動，因為他會一直蹙著額頭，露出很深、很深的皺紋，而且眼神像是可以在混凝土牆上燒穿一個洞似的。亨利這回可是真正抓狂了，他繼續朝右走去，橫過草坪，穿越街道，再走過鎮上的廣場，一直走到漢娜．金寶的雕像下方，後面那些記者才趕上他的腳步。

我們自然全都跟在亨利後面，可是在路上還得跟女士們高舉的傘海奮力搏鬥，要開出一條路實在很不容易。哈蒙這個傢伙向來無視於別人的眼光，他解決問題的辦法便是扯開嗓門大喊：「大家小心啊！我快要吐了！」而他獲得的迴響真是快，比獵人把野牛群趕開的速度還快哪。他的面前開展出二公尺小徑，而我、傑夫和莫泰蒙連滾帶爬地跟在他後面，趕在缺口再度合攏之前趕緊通過。荷馬實在有點笨手笨腳，由於他不小心踩到一位女士的腳，所以被雨傘痛毆了一頓。

等到我們趕上前去，亨利正背對雕像基座站著，那些記者把雨點般的問題丟到他身上。簡金斯先生忙著在人群中奮力推擠，喘著氣走在我們後面，他顯然也在雨傘堆中吃足了苦頭，右眼上方割出一道傷口，鮮血沿著臉頰流下來，而且襯衫背面竟然被扯掉一半。

「亨利，」簡金斯先生氣喘吁吁地說：「你真的知道炸彈在哪裡嗎？」

「說真的，我不知道。」亨利說，他對另一個記者的問題聽若罔聞：「對一個真正的科學家來說，除非掌握了所有的事實，否則永遠沒有十足的把握。不過，我們確實知道湖裡有個大型的金屬物體，位置就在傑夫和查理聽到東西撲通掉進水裡的地方，而當時正是演習期間。我們能夠證明的就只有這些。」

「嘿！老兄，你又怎麼知道這些事呢？」一個矮矮胖胖的記者問道，他的手臂上掛了一件外套。

「就因為有異常現象啊！」

「小弟弟，你說了好幾次的『異常現象』到底是什麼啊？」

亨利挖挖鼻孔說：「任何不正常的事情都叫做異常現象嘛。就這件事來說，是指某個東西對於地球磁場的正常磁力線分布模式產生了干擾。」

「哎喲，這跟我想的一樣嘛！」另一位記者用諷刺的語氣說道，其他人全都笑成一團。

「你是一位科學家嗎？」矮胖記者問。

亨利有點不好意思，說：「這個嘛，我猜我還不是啦……不過我長大以後想當科學家。」

「好吧，你要怎麼證明炸彈在那裡？」

亨利的眼中閃過一絲光芒。他先看看手錶，抬頭看著漢娜・金寶雕像旁那

些榆樹的枝椏末梢，然後摸摸下巴。

「怎麼樣?你要怎麼證明?」另一個記者問。

「閉嘴!」哈蒙說：「科學家思考的時候，你們都不准講話!特別是亨利思考的時候!」

「哎喲!還請尊貴的大人饒了小人我哪!」那記者說，還向哈蒙及亨利恭敬地鞠了個躬。「下次我如果要問問題，我會記得等兩位允許之後再問啦!」

「你少廢話!」哈蒙說道，他神氣地對著手指頭吹氣。

「可是，我還是想知道你們到底如何證明?」記者重複說道，他直直地看著亨利。

這時候，亨利的視線從樹上收回來，雙眼仍然充滿光芒。他轉身跟簡金斯先生說：「可以請你們明天早上八點到草莓湖畔嗎?我們可以約在傑夫家別墅的碼頭前面。」

「如果你要讓我看一些東西，那麼我會準時到的，」簡金斯先生說：「不過警察可能會把我們趕走喔。」

「如果有夠多記者在那裡，我想他們不會趕人的。」亨利環顧四周說道。

「我也會去，」手上掛著外套的男士說。「我還沒看過真正的科學家工作，」他又補了一句，還跟他的同行眨眨眼：「特別是個瘋狂科學家喔！」

「也算我一份吧。」其他幾個記者說。

「亨利，只要你有東西秀給我們看，鎮上所有的記者都會去的。」簡金斯先生說：「我們目前知道的所有事情都是空軍的說法，我都快被我的新聞主管給罵慘了！」

「簡金斯，照片怎麼樣？」矮攝影師戳戳他的肋骨說道。

「說的也是，亨利，你有沒有照片啊？如果沒有畫面可以拍，我們可就完蛋了。」

「如果一切順利，你們就會有畫面可以拍。」亨利說。

「如果一切順利，這是什麼意思啊？」

「明天早上就會知道了。」亨利說：「走吧，傑夫，我們可有得忙了。」

亨利穿過廣場，走到停放腳踏車的地方，留下我們手忙腳亂地跟在他後面。

像鯨魚一樣大的鱒魚

我永遠不會忘記那個夜晚，當然也不會忘了隔天的早晨。一旦有個想法蹦進亨利的腦袋裡，他就會一個勁兒向前衝。他開始下了一堆這樣又那樣的命令，其他人根本沒有插話的餘地，不過如同每次最後的結果，我們都知道，他做每一件事都是很有計畫的。

我們從鎮上廣場騎腳踏車離開後，在路上，亨利含含糊糊地說了一大堆話，基本上他是要說給傑夫聽，不過大家感覺得到，亨利其實希望我們每個人都可以聽見他說的話，因為他不時會轉過頭來，看我們其他人有沒有跟上來。

「我不喜歡那個叫你『瘋狂科學家』的笨蛋！」趁亨利終於停下來喘口氣的時候，我趕緊插了一句。

「管他的！」亨利說道：「假如他們真以為我們有點神經，說不定還比較好呢。不管怎樣，他讓我想到一個好點子。」

「什麼意思？他說了什麼話讓你覺得大受鼓舞嗎？」

「是沒有啦，不過當他問我要怎樣證明的時候，這讓我開始動腦筋，突然間我就想到一個點子。如果現在讓他們覺得我們有點神經，那些人就會等不及想知道，明天早上有什麼好戲可看。」

「到底有什麼好戲嘛？」哈蒙問道。

「等我們到傑夫家的穀倉再說吧，」亨利說：「絕對不能讓任何人知道我們的行動，所以小心別讓人聽見。」

「你的意思是說，這是『最高機密』行動囉？」

「沒錯，這是最高機密，」亨利說：「如果這樣說會讓你比較高興的話，就算是吧。」

「哇，好傢伙！」哈蒙說：「我等不及要告訴我那白痴堂哥了。」

「喂，哈蒙，你的頭真像個胡瓜！外面是硬的，裡面竟是軟的！」傑夫說道：「亨利就是叫你別讓任何人知道我們的一舉一動，當然包括你堂哥在內啊！」

「誰說的？」哈蒙說：「如果秘密不能告訴別人，那秘密有什麼用啊？」沒人要回答他，其他人只是繼續踩腳踏車的踏板。回到傑夫家後，我們把自己鎖在加蓋小屋裡。

「喂！哈蒙，你這個堂哥怎麼樣啊？」亨利問，他又把自己安頓在舊鋼琴椅上，腳掌勾到椅腳後。「他是可以信任的嗎？我們今晚還需要更多人手幫忙。」

「只要一直給他吃東西，你就可以相信他。」哈蒙說：「我跟傑夫說過，他的食量很大喔！」

「如果我們讓他加入秘密行動，他會不會跑出去跟全鎮的人說啊？」

「連我都不知道我自己在幹嘛，那他怎麼會知道我們在幹嘛？」

「好啦！好啦！」亨利說：「等我把整個計畫想清楚，馬上就會告訴你們。你這時候先去把你堂哥找來吧。我們得把可以幫忙的人都找來才行。」

「喂，你回來的時候不要忘記通關密語啊，」莫泰蒙說：「忘記密語就進不來囉。」

「好啦，密語是什麼？」哈蒙問。

「我們也還沒想好，不過等你回來的時候就會想好了！」

牆上釘了一個老舊發霉的馬鞍，哈蒙把它拉下來，不偏不倚地丟到莫泰蒙身上，而莫泰蒙像接籃球一樣抓住馬鞍，又把它扔回去，速度快到哈蒙差點就被馬鞍給砸個正著，幸好他及時溜到門外去了，而馬鞍則重重地摔在門框上。屋外的哈蒙傳來有史以來最驚人的嘲笑聲，然後他便騎腳踏車到鎮上去了。

「喂，玩笑開夠了吧？」傑夫說：「我們還有很多事要做呢。亨利，你該公佈計畫了吧？」

亨利又開始瞪著屋頂暗處的橫樑了，不過這次他很快就回過神來，然後摘下眼鏡擦一擦。「這個嘛，就我看這整個情況，」他平靜地說道：「我們得耍點引人注目的招數，那些人才會相信我們不是空口說白話，否則情況不會有任何進展。不過，我們要做的第一件事，就是要證明自己不是空口說白話……意

思是說，我們非找到炸彈不可！」

「怎麼找啊？」荷馬冷笑了一聲：「湖面上隨時都有警察開著船晃來晃去，而且說不定到處都有放射線耶，還有湖底可能不只三十公尺深噢……我們不可能找到的啦！」

亨利的嘴角掛著微微的淺笑。每當有人像荷馬那樣一堆蠢話衝口而出時，亨利就是這副模樣。他花了點時間很小心地擦眼鏡：「我認為有幾件事已經很確定了，」他把眼鏡推回鼻樑上，「第一，現在已經證明，如果我們在晚上行動，警察抓到我們的機會是很小的。第二，我已經跟簡金斯先生說過，假如湖裡真有危險的放射性物質，警察就不敢在湖面上逗留了。不管怎麼樣，如果有放射線，我們的蓋格記數器一定會有反應，而到目前為止顯然沒有。第三，傑夫跟我說，當他、哈蒙和查理划船回到現場準備潛水，後來被普特尼警長趕出草莓湖那次，船錨只沉入湖底大約九公尺深的地方。」

荷馬看起來有點尷尬。不過反正也沒人覺得他可以像亨利那樣通曉世事。

「噢，原諒我吧！」荷馬合攏雙手做出求饒狀。「假如每件事都如您所說的，那麼懇請尊貴的陛下向我們解釋，我們該怎麼做才好呢？」荷馬講了一大串話，還用上非常華麗的詞藻。

「嗯，事情沒那麼簡單。」亨利說：「所以我們需要更多的幫手，而且大家做事要很有條理才行。我想，現在必須馬上決定由誰來發號施令，而且先把每個人要做的事情分配好，絕對不能有任何遺漏。」

「好主意！」莫泰蒙說：「我們乾脆趁哈蒙不在的時候投票決定人選，等他一回來就告訴他誰是老大。」

「我們何不組成一個俱樂部？這樣就可以申請許可證，可以訂定章程、細則之類的玩意！」荷馬說：「而且任何事情都可以投票表決，還有……」

「那乾脆定個『人權法案』，怎麼樣啊？」我大聲叫道，想要蓋過荷馬的聲音。「如果沒有制定人權法案，你就沒有任何保障喔！」

「唉唷！」莫泰蒙說。「那樣一定會吵得不可開交啦！我們俱樂部真正需要的是保守秘密吧，這我最在行了！」

「來辦幾場政見發表會如何？」荷馬在房間另一頭的馬鞍架上又叫又跳：

「在人類歷史的發展過程中，我們的祖先在這塊大陸創建了比較理想的國家，而且建立司法制度，確保國家安定，並營造了所有人一律平等……」

「喂，荷馬，你根本就搞不清楚狀況嘛！」傑夫扯著嗓子狂吼，他手裡拿著生鏽的馬蹬，在他面前的水果木箱上猛力敲擊，要求大家維持秩序。

小屋突然安靜下來，只聽到莫泰蒙急促地說：「我選傑夫當主席！」

「我也贊成！」我說：「我還要提名亨利當副主席和首席科學家。」

「我沒問題。」荷馬說道，他從馬鞍架上跳下來。

「我提議咱們就這樣勉強通過吧。」莫泰蒙說。

「我想，你的意思應該是『全體通過』吧。」亨利說，他的臉上又浮現那種淺淺的微笑。

「不是啦，」莫泰蒙說：「因為你只被提名當副主席啊。好吧，就算全體通過好了，在第一次會議記錄上，這樣應該比較好聽啦。」

這便是「瘋狂科學俱樂部」成立的經過囉……如果你想要這樣說的話。就在此時，哈蒙和他堂哥費迪出現了，而我們已經把所有的事情都敲定，荷馬正在裝湯的紙盒板上做記錄。俱樂部的博物館還有這種湯盒，就跟我們找到的大恐龍蛋、草莓湖水怪（見《瘋狂科學俱樂部1——草莓湖水怪》）留下的一點外皮，以及飛碟魔幻獸（見《瘋狂科學俱樂部2——飛碟魔幻獸》）的操控系統以及其他一大堆舊東西放在一起。當然囉，離奇的空中飛人（見《瘋狂科學俱樂部1——草莓湖水怪》）也還站在布雷克街「麥克．柯克倫休閒撞球場」的櫥窗裡，我們把那東西借給撞球場作永久展示。

等到哈蒙把加蓋小屋的門撞開，我們才發現他不只帶一個人回來，原來有兩個人，另外那個人又瘦又矮，頭上頂著稻草般的粗硬金髮，而且鼻子有雀斑。我們都知道，他不可能是哈蒙的堂哥。

「胖的那個是我堂哥費迪，」哈蒙向大家介紹：「這個小子是丁奇．卜瑞。他看起來貌不驚人，不過他可以爬進寬僅三十公分的窄通道，而且他爬旗竿的速度超快，你還沒數到十，他就已經爬到旗竿頂了。除非丁奇跟著一起來，不然費迪說他不要來，所以他們兩個人就一起來啦。」哈蒙一說完便坐到箱子上，一邊搧著風。

「你是怎麼把門給撞開的啊？」莫泰蒙說道。

「我不知道通關密語，所以就用我的頭嘍！」哈蒙回答他。

費迪．摩頓一屁股坐在老舊的桃子籃上，他也開始不停地搧風；丁奇則杵在大門旁邊，他直挺挺地靠牆站著，摸摸鼻子，眼睛一下子看窗外，一下子又抬頭看看天花板和其他地方，但就是不看我們。

我覺得他並不是害羞或之類的，不過他看起來似乎很想躲在隨便什麼東西的後面，或者恨不得鑽到地板下面去。

「亨利，你現在總可以告訴我們要做些什麼事了吧。」哈蒙說道，看來他終於不再喘氣了。「費迪不太能講話，因為他喉嚨痛，而這個丁奇很怕講話，所以你不用擔心他們會把計畫講出去啦。」

「等一下！」傑夫說道，他又用生鏽的馬蹬使勁敲著木箱。「哈蒙，我忘了告訴你，你剛剛出去的時候，我們開了一個小小的會議，而我當選主席了。所以呢，以後就由我來決定做事的順序，我也會判斷該由誰來說話。」

「有多少人選你啊？」哈蒙說。

「他得了五票。」莫泰蒙插嘴說道：「我們知道你會選你自己啦，所以我們算你得一票，結果就是五比一，傑夫當選囉。」

「有道理！」哈蒙說：「至少我知道你們這些傢伙是可以講道理的。」

「好了啦！」傑夫說：「亨利，現在你總可以告訴我們要做什麼事了吧？」

「這個嘛，就像我剛說的，我們要做的第一件事，就是要證明我們確實知道炸彈在哪裡。」亨利說：「也就是說，我們必須回到湖面上，在磁力計訊號很強的那個地方潛水下去找。我們只能在晚上做，而且應該馬上進行。」

「你是說今天晚上？」哈蒙問道。

「就是今天晚上！」亨利說：「我們還有一整個下午可以準備，不過要做的事情很多，而且還得找來很多裝備。依照我的估計，我們需要兩艘船才行，而且必須帶著磁力計，這樣才能確定我們搜索的地方沒有錯……我們至少需要三個人帶著水肺潛下去……還有，我得去克林頓鎮跟朋友借水底照相機……嗯，我們必須用同樣的方法在岸上架好信號機發報器……對了，我們要收集一些尼龍繩，在大氣球裡面塞進瓦斯彈，還要幾個小型爆裂物，還有……唉，我現在沒辦法把所有事情都講清楚，不過剛才等哈蒙回來的空檔裡，我已經列好一張清單，現在我們就來分配工作吧。」

丁奇終於不再看窗外了。他很吃驚地瞪著亨利看，兩隻眼睛突出來，簡直跟青蛙一樣，不過他也沒忘了要摸摸鼻子。荷馬用超快的速度做記錄，已經把紙板的正反兩面都寫滿了，這時他向亨利揮揮手，要他稍等一下再講。

「好吧好吧！」傑夫說：「我們先把荷馬送到北岸去架設發報器，這樣他就可以趕回來幫其他人的忙。架在我家別墅的那個發報器還在原地，所以我們只要派某個人在晚上偷溜進去，把它打開就行了。派哈蒙去不錯。」

「你的小船還藏在半島的洞穴裡，」莫泰蒙說：「我們到哪裡去找另一艘船啊？」

「用借的啊，」傑夫說：「我家別墅旁邊的碼頭停了很多不錯的船，現在這種時候根本沒人會用到船，所以他們不會知道我們借用過。不過有個問題，船上一定沒有馬達。」

丁奇怯生生地舉起右手。「我老爸有個馬達。」他用細小的聲音說道。

全部人都轉頭看他，他整張臉紅到髮根去了。

「哪一種馬達？」傑夫問。

「我不知道耶，不過它幾乎不會發出什麼噪音，因為我爸都用它在蘆葦叢裡釣鱸魚。而且連我都可以很輕鬆地把它抬起來喔。」

「那就夠小了！」亨利說：「你爸肯把它借給我們嗎？」

「那當然！」丁奇很得意地說。不過他馬上皺起眉頭。「我們最好在他回家之前溜回去拿。」

「好啦，不管怎麼樣，」莫泰蒙說：「我們也不希望他擔心啊。」

「就這樣吧！」傑夫說：「莫泰蒙，你跟丁奇去他家拿馬達，把它搬到這裡來。今晚我和哈蒙會把兩個馬達一起搬到湖邊去，等到天色夠暗了，我們就偷偷解開一艘船，然後划過整個草莓湖直奔半島。亨利，還有其他事情嗎？」

「我們其他人得出去找水肺和所需的無線電裝備。」亨利說道：「可是，我們有辦法背著所有的裝備翻過小山丘嗎？而且還得下到我們藏船的那個洞穴，爬那段路是很費力的呢。傑夫，我想我們得要重新計畫一番。」

「好吧，你有什麼建議？」

「你們把船划到火雞山路附近的小沙灘，到那裡跟我們會合，就是我們上次出發的地方，怎麼樣？」荷馬說：「那麼，你跟哈蒙可以載我們繞過整個半島，就用你們偷摸來的那艘船。」

「別聽他的，別聽他的，他根本是『腦力如豆』！」哈蒙說道：「我們上次也是從那裡出發，差點就被抓了啦。那個地方太顯眼了。不只是這樣……唉，一艘船就跟荷馬的腦袋一樣，容量很有限的嘛，根本沒辦法載八個人，更別說還有亨利要帶的一大堆垃圾。」

「我不知道哈蒙是怎麼想出來的，不過他說得沒錯，」傑夫說：「我們得想想其他的法子。」

「啊，我想到了！」亨利本來又開始凝視天花板了，這時突然敲敲自己的下巴說道：「我們沿著火雞山路走，一直走到大馬路沿著草莓湖北岸彎過去的地方，那裡剛好是鋅礦場的舊鐵道跟火雞山路的交叉路口，有一條泥土小徑可以通到湖岸邊的沼澤區。從沼澤區涉水走到半島上就沒多遠了，那附近水很淺，所以警察的巡邏船沒辦法開進去，我想那裡是蠻理想的地點。」

「聽起來不錯耶！」傑夫說。

「好！現在就來看看我們的行動內容。」亨利繼續說道，他傾身向前，讓鋼琴椅的前腳著地，然後用手指頭在灰塵上面畫示意圖。「我們先沿著火雞山路到這裡，莫泰蒙和丁奇從這裡翻過小山丘，到洞穴裡把傑夫的船拖到灌叢外面，而其他人則繼續騎腳踏車到湖的北岸。你們兩艘船就在那裡跟我們會合，等一下我會把地點標示在地圖上。荷馬，你在北岸架好信號機發報器之後，也到那裡跟大家會合，所以你不必太早出發，現在先幫我們收集各種裝備吧。」

「哈哈，亨利，那樣可以讓他動動超級大笨腦啦！」莫泰蒙說：「我贊成讓荷馬多做一點事！」

「哇，看你搞定這些事的樣子，你一定比凱撒將軍還要厲害！」費迪用欽佩的眼光凝視亨利。「他們是怎麼稱呼你的？一級棒亨利嗎？」

聽到這句話，我知道費迪算是取得俱樂部成員的資格了。

那天傍晚天色將暗之際，除了傑夫和哈蒙外，每個人身上都背滿了潛水和無線電裝備，騎著腳踏車在火雞山路上奮力踩踏；荷馬則爬行穿越草莓湖北岸的一片樹林，負責在基準點旁邊架設信號機發報器。才騎了不到三公里，我就發現丁奇一個人落在後面，我得不斷繞回去催促他騎快一點，不然就趕不上大家了。到最後，我幾乎得把他的裝備全都接過來，綁在我的把手上，這樣他才有辦法繼續騎。我一下子就看出丁奇的問題出在哪裡，他的兩隻腳完全不能配合腳踏車的高度。他不想騎兒童腳踏車，免得別人看了還以為他還在唸小學，所以他叫他老爸買了一輛中型車。可是如此一來，他如果坐在椅墊上，兩隻腳根本就踩不到踏板，結果他只好站著騎腳踏車，那樣會比坐在上面騎要快很多。

幸好目的地不算太遠，我們先在莫泰蒙和丁奇要翻過小山丘的地方停下來，他們要先到藏放傑夫家小船的洞穴去。丁奇的身材正適合那裡的地形，他和莫泰蒙勉強鑽進路旁的灌木叢中，兩人開始艱苦爬行。我們其他人則繼續往前騎，並輪流牽他們兩人的腳踏車前進。

等到我們抵達鋅礦場的廢棄鐵道時，天色已經完全暗下來了。亨利把腳踏車騎到路的左邊跳下來，鐵道旁邊有條平行的小徑，我們便沿著小徑走。

「快一點啦！」亨利用粗啞的聲音低聲說道：「大家趕快離開馬路，免得有車子經過看到我們！」

說時遲那時快，亨利話才說完，一輛車子便以高速駛近，轉彎時輪胎還發出尖銳刺耳的聲音。火雞山路突然讓車子的頭燈給照亮了，我趕緊趴到灌叢裡，順手把腳踏車拖進來。可是費迪動作慢吞吞的，他竟然還站在路邊，等到車子轉過彎來，亮晃晃的光束就筆直照在他的肥臉上。這是一輛隸屬於空軍的轎車，車上的駕駛一看到他便猛然緊急煞車，發出刺耳的吱吱聲，不過還是滑了大約六十多公尺才停下來。「費迪，站在原地別動！」我像是自言自語一般輕聲說道：「不管怎樣都不要跑喔！你就跟他們說，你從克林頓鎮來，正在往回家的路上。」

那輛車開始倒車，坐在前排乘客座的人拿著強力手電筒往窗外照，然後對準了費迪。他看見費迪靠在腳踏車上，正在津津有味地吃香蕉，其實他才剛從襯衫裡把香蕉拔出來。車裡有兩個空軍憲兵，他們把車子停在費迪旁邊，拿手

電筒的憲兵問道：「小弟弟，你到這麼遠的地方做什麼？」

「我正在吃香蕉啊。」費迪說。

「我當然知道啊，你這個鬼靈精！」空軍憲兵說道：「我要知道，你自己一個人在這裡做什麼？」

「我肚子餓了，」費迪說：「所以我停下來吃香蕉，等一下要回家去。」

「你家住在哪裡？」另一個空軍憲兵問他。

「長毛象瀑布鎮啊，大多數的時候啦。」費迪說：「我有時候會去克林頓鎮騷擾我朋友。」

這時候，憲兵用手電筒來回照射路邊的灌叢，確定沒有人跟費迪在一起。我不敢呼吸，連一根肌肉都不敢動，心裡希望剛剛確實用葉子把腳踏車的金屬部份都蓋住了，不然可能會反射光線哩。

「喂，你真的很鬼靈精吔，」駕駛說：「腳踏車上那堆東西是什麼？」

「你有搜索令嗎？」費迪問道，他嘴裡塞滿了香蕉。

拿手電筒的人突然狂笑出聲，然後他把手電筒啪答一聲關掉。「哈迪，你真是敗給他嘍！」他說：「走吧，我們該走了。」

「好啦，好啦！」駕駛說：「喂，小子，你給我聽好了，馬上給我回家去。我們正在路上巡邏，要確定沒有人從這裡到草莓湖去。我們就是因為這件事才會問你問題，我猜你應該聽說過炸彈的事吧？」

「喔，聽過啊。」費迪說。

「喂，這樣好了，你乾脆把腳踏車放進汽車的後行李箱，我們讓你搭個便車吧。我們載你回去一定快多了，不然你還有一大段路要騎哩。」

「不用了啦，」費迪說：「我媽叫我絕對不要搭陌生人的便車。」

「噢，胡說八道！」駕駛說。這時他已經發動車子，朝鎮上方向開走了。

「他們兩個人是不錯啦，不過有點笨。」費迪跟我說。我們沿著小徑向前走，得趕緊追上亨利才行。我們那時根本不曉得他們兩人有多「不錯」，因為過沒多久，他們又繞回來看費迪有沒有乖乖回家，結果發現費迪不見了。

「真是好險哪！」我們一追上前去，就聽到亨利這樣說：「不過你處理得很好喔，費迪，真是太酷了。」

「我跟條子過招，是絕對不會搞砸的啦！」費迪說：「我還蠻喜歡跟他們講話呢！」

再走個幾步路，面前出現一條舊時開闢的產業道路，朝向鐵道左邊延伸下去，因此我們又可以騎上腳踏車了。小路上雜草叢生，很多地方都有低矮的枝葉，幸好路面是白色的沙子，認起路來才不會太困難。

我們很謹慎地繞過各種障礙。「跟緊一點！」亨利低聲警告：「我記得這附近有不少叉路，有些還會通到一些泥沼地，如果沒跟緊就會迷路。還有不准用手電筒！一旦有人從湖面上看到這裡有亮光，會怎麼樣就不知道了。」

我們騎得很慢，四周只有輪胎與沙地接觸時發出的微弱吱嘎聲，偶爾還有費迪的打嗝聲。

「拜託你不要再打嗝了。」我唸了他兩句：「你每次打嗝，我就會聞到香蕉的味道。你該知道警察也有鼻子吧，難道你想洩露我們的行蹤？」

「嗯，這就是我喜歡吃香蕉的原因。」他嘀咕個不停：「吃完很久之後，它們的味道還是很不錯哩。」

「咦，對了，最後你把香蕉皮丟到哪裡去了？」

「那兩個憲兵忙著笑我的時候，我就把香蕉皮丟進車子的後座啦。」

「你們兩個，給我閉嘴！」亨利簡潔有力地說：「我們現在快到沼澤附近了。你們要睜大眼睛看清楚啦！」

等我們終於到達亨利指定的集合地點，荷馬早就已經到了。這裡有個乾燥的突起圓丘，伸進遼闊且清朗的主要沼澤區內。附近長滿了高大的沼澤植物，間或出現幾座小孤島，因此從湖面上看不到我們所在的這個地方。不過假如你認得路，就可以由一條狹窄的水道通到這裡來，此處距離寬闊的湖面大概有四百公尺，而且可以循原路回到湖上。圓丘上面有幾棵大樹，邊緣則生有茂密的矮樹和灌木叢；此外，圓丘面向湖岸的末端有個小空地，因受樹叢遮擋而相當隱密，而從那裡穿越樹叢往回走，只消走個幾百公尺就會回到沼澤邊的產業道路。如果需要的話，很容易就可以在樹叢中砍出一條小路，而且由於灌木叢相當密實，所以從旁邊任何方向都看不出裡面有路。這裡真是執行秘密任務的好地點。之所以會發現這個地方，當然全都得歸功於亨利。他平常喜歡在樹林裡到處閒晃，四處收集稀有的植物和蝴蝶。你可以說，長毛象瀑布鎮裡應該沒有人比亨利更了解草莓湖沿岸的地形了。

荷馬坐在空地一角，背靠著一塊大石頭，他正神經兮兮地伸長脖子東張西望。我們離他還有六公尺遠，這時候費迪剛好打了一個嗝，把荷馬嚇得整個人彈了起來，活像是被紅螞蟻咬了一口似的。

「是誰啊？」他用高亢、尖銳的聲音問道，聽起來像是快哭出來了。

「蒂帕卡努！」

「史基納馬魯！」荷馬終於鬆了一口氣。我們跨出樹叢走到空地上。

「天哪！這裡真的有鬼耶！」荷馬說，他連站都站不穩。「我已經等了超過半小時，你們這些傢伙跑到哪裡去了嘛？」

「我們被軍事當局給絆住了，」費迪說：「你還需要什麼藉口？」

「我幹嘛聽你說什麼藉口？我一直都在這裡耶！」

「你到這裡不可能超過十分鐘吧，荷馬。」亨利平靜地說：「現在才九點，我想時間剛剛好。現在如果兩艘船馬上就出現，我們就算是完全按照計畫行事了。」

「他們在湖上要怎麼找到水道穿過沼澤呢？」費迪問。

「不會很難啦，」亨利一邊說道，一邊在圓筒袋裡仔細翻找。他剛剛費了九牛二虎之力才把這個袋子拖出灌木叢。「你有沒有看過這個？」

「看起來像是某種燈，」費迪說：「這是什麼？」

「這是某種燈。噢，好吧，」亨利說：「精確地說，這是紅外燈。你用肉眼看不到它發出的光，但是，如果透過紅外線濾鏡，把其他所有的光線都擋住，你就可以看見它啦。」

「哇塞！」費迪叫道：「亨利，你真是個天才！」

「我才不是呢。可是我很希望我是個天才。」亨利說道：「現在開始，用電線把電池串聯起來，我們才有足夠的電壓讓它發亮。喂，荷馬！你到那邊的大橡樹上找一塊視野開闊的地方，我們要在那裡把燈光投射到湖面上。」

費迪聽不懂亨利所說的「串聯」是什麼意思，於是我幫了他一點忙，終於把電池都接好了；荷馬這時候已經在樹上架好紅外燈，垂下一條長長的電線，我們便把電線接在電池上。

「咦，剛才我看傑夫沒有戴眼鏡啊，」費迪差不多是自言自語地說道：「他要怎樣才能看到這盞蠢燈啊？」

「他和莫泰蒙都帶了望遠鏡，望遠鏡上面裝了紅外線濾鏡。」亨利向他解釋：「他們可以看得到，沒問題的！」

「哇塞！亨利，你還有什麼事沒想到啊？」

「總得有人這樣吧，」亨利說：「而這就是『精采任務』跟『大紕漏』之間的差別。喂，查理！打開無線電，他們可能馬上就要跟我們聯絡了。」

我把聽筒的電源打開，仔細聆聽，但是除了嘈雜聲和偶爾出現的靜電干擾外，沒有任何音訊。

「現在只好等一下了。」亨利說。

過沒多久，我想我確實聽到一個微弱的嗡嗡聲，而且是從湖面方向傳過來，聽起來像是小型船外馬達發出來的聲音。我試著用無線電呼叫。

「印地安酋長！這裡是超級大人物！請回答！」

「這裡是印地安酋長！」他們回答了：「請講！」

是傑夫！我趕緊把無線電交給亨利，他問傑夫知不知道莫泰蒙和丁奇現在人在哪裡。

「我希望他們跟在後面。」傑夫說：「如果那艘船不是他們就糟糕了，因為有人正在跟蹤我們！」

「不要緊張啦，印地安酋長。」亨利說：「如果他們是『客人』，現在應該會拿燈照你們才對！」

「哈囉，超級老人物，你們好啊！」另一個聲音說道：「這裡是海象！準備到湖裡打撈囉，我們已經進入淺水域了！」

「喂，講話小心一點！」亨利說：「你沒法知道有誰聽見我們說話。」

「對不起！」莫泰蒙說：「我是要說，把地毯鋪好，我們正在大道上！」

「這還差不多。」亨利說。

透過紅外線信號機及亨利的指令，傑夫和莫泰蒙都穩穩地駕著小船，穿越如迷宮般的諸多小島，通過沼澤區的水道，小心翼翼地駛入圓丘岸邊的小縫隙。我們把所有的裝備都搬到船上，然後大家在小空地上集合，彼此挨著肩圍坐成一圈，聆聽亨利下達最後一批指示。

「傑夫、莫泰蒙和查理準備潛水，」他說：「其他人則隨時提高警覺，注意他們三個人有沒有安全回到水面。我們會用繩索追蹤他們的位置，而繩索也可以用來傳遞彼此之間的指令。除此之外，他們三個人也要用繩子綁在一起，如果其中有一個人發生危險，其他兩個人馬上就會知道。在晚上潛水是不可能太安全的。傑夫和莫泰蒙先潛下去，查理則等到其中一個人休息才潛水；如果他們兩個人找到炸彈，那麼查理就帶著相機潛下去，想辦法拍張照片。現在還有一個問題要想辦法解決。」

「什麼問題？」荷馬說。

「一旦潛水的人還在水中，而警察突然出現了，我們就只能趕緊落跑，想辦法回到昨天晚上藏身的那個洞穴。意思是說，我們必須把繩索切斷，而大家就只能自求多福了。此外，繩子拉四下就表示水面上出現狀況，那麼潛水的人必須自己想辦法回到半島去。」

「多謝你喔！」莫泰蒙說：「你讓我加入的時候，我還真沒想到會討論到這種事哩。」

「我也是啊。」亨利承認：「不過，我們實在沒時間把所有事情都搞定，而且……如果我先前就跟大家說清楚，你們一定不會來的！」

「你看，小子，什麼事都逃不過亨利的掌握吧！」費迪悄悄跟丁奇說。丁奇坐在地上非常吃驚，嘴巴張得老大。後來他終於點點頭，準備要回答費迪，可是突然有隻蚊子飛進他的喉嚨裡，害他只能拼命咳嗽，還不停發出咳咳聲。

「據我估計，從潛水的地方到半島岬還不到三百公尺，」傑夫說：「如果我們連這樣距離都游不到，就不該潛下水去。」

「我想，只要你們待在水底，等待警察的巡邏艇開走，應該就不會有什麼問題。」亨利說：「我們會把警察引到半島的西側去，你們就可以浮出水面，游回岸邊。」

「希望他們追起來速度很快，」莫泰蒙補充說道：「我們背的每個氧氣筒都只能撐個三十分鐘。」

「如果你們都不呼吸，那就很夠用了啦。」哈蒙說。

「而且有喝不完的水喔！」荷馬低聲竊笑。這時候，亨利和傑夫起身走到兩艘船邊。

我、傑夫、莫泰蒙和費迪搭其中一艘船，潛水裝備也都在這艘船上。另一艘船則是指揮艇，哈蒙負責控制潛水繩，荷馬操作指引方向的無線電接受器，亨利則是指揮官。丁奇坐在船尾聽取亨利的指示，負責注意看磁力計的讀數。

我們把粗麻繩捆在槳托上，這樣才能安靜無聲地划出沼澤區，進入湖面的開闊水域。除非我們必須逃命，否則基本上不打算用馬達，而目前的情況看起來應該用不上。今天晚上不只沒有月亮，連地面低處也已開始累積薄霧，一縷霧氣緩緩飄到水面上來。薄霧不會干擾我們的行動，不過假如霧氣加重的話，那就很難說了。不過濃霧也會使巡邏艇的搜尋工作變得不太容易進行，說不定他們今晚就不會出動了呢。

「等到氣溫再降一點，霧氣就會變得更濃，我正希望會是這樣。」亨利說道，我們這時候已經划到湖面上了。

那天晚上，「亨利．摩里根」這個名字已經成為全國幾百萬個家庭茶餘飯後的熱門話題，不過我們在當時對此一無所悉。《長毛象瀑布鎮報》描述了鎮公所前的婦女抗議遊行，這是他們當天的頭條新聞，不過國內其他的晚報則用了一則語帶嘲諷的頭條標題：「當地『科學家』宣稱已知炸彈位置！」幾天之後，有人拿報導給我們看，簡直把我們給氣炸了，不過我們那時候根本忙到沒時間傷這種腦筋，況且亨利早就讓寫那篇報導的記者看起來像笨蛋一樣。

我們以非常緩慢的速度划離半島岬，每個人都瞪大眼睛尋找巡邏艇的蛛絲馬跡；亨利早已命令大家不准講話，所以一有馬達的聲音就可以清楚聽見。沉默與濃霧令我感到毛骨悚然，彷彿我們已經跨越冥河，進入到另一個世界裡；其實我們全都明白，所謂「另一個世界」或許一點也不假，因為草莓湖根本是我們不該來的地方，而且我們正駛向從未潛過水的區域；如果運氣夠好，或許會在湖底找到一顆原子彈，然而只要一個不小心，就可能讓整個長毛象瀑布鎮跟著炸光光。

駛離半島岬大約幾百公尺之後，就得開始精確定位了。這時候大家心跳加速，有點緊張，特別是因為荷馬讓指揮艇一下前進，一下後退，一下又繞圈子。他嘗試利用岸邊兩架信號機發報器的訊號，使小船朝著正確的方向前進，不過最後還是得由亨利出馬教導：他先用其中一個訊號定位，搭配羅盤確認讀數，然後沿著正確的方向筆直前進，直到我們又攔截到另一個信號機發出的訊號為止。我緊張得直冒汗，覺得有一股寒意爬遍全身，而且顯然不是只有我這樣。莫泰蒙和傑夫把氧氣筒固定在背上，我注意到他們兩人打了個寒顫。不過費迪仍然安坐在船上，他把船槳的一端擱在膝蓋上，正在專心挖鼻孔。

最後亨利確認了磁力計上的讀數，於是我們下錨。這回船錨還是落在水底下大約九公尺深處。「你們幾個傢伙說得沒錯，這裡並不深。」亨利說。

傑夫和莫泰蒙翻過小船側邊，輕輕地跳進湖水裡。我把照明燈遞給他們，再幫他們把繩子繫好，而哈蒙和費迪則忙著將兩艘船固定在一起。於是傑夫和莫泰蒙一翻身，像海豚一般潛入水裡，無聲無息地消失在暗沉沉的湖水中。我可以看到他們的光源潛沉在水底深處，有一陣子那亮光像是微小的針頭一般，四周環繞著大大的圓形光芒。等到他們潛得更深、湖水更黑暗時，就只剩下隱約的微弱光芒了，那樣的光線頂多讓我們知道潛水人的大概位置而已。其他人在船上等待，盡量保持安靜。

大約過了十分鐘，莫泰蒙浮出水面，並爬上小船。「查理，換你潛下去，」他跟我說：「我要跟亨利討論討論。」

「你在下面看到什麼?有任何東西嗎?」我問他。

「那裡的地形突然向下降，非常陡峭。」他指著船尾方向說道。「看起來像是很陡的懸崖。我們潛得很深，可是不知道還有多深才會到湖底。那可能是個很深的洞喔。」

「我覺得那不是洞，」亨利說：「我猜這附近都一樣深，我們只是剛好把錨下在水底的山脊上，也就是從半島延伸出來的地形，所以才會這麼淺。」

「或許是這樣吧，」莫泰蒙說：「不過，傑夫希望你們用錘線放一盞燈下去，我們才有辦法辨認自己所在的位置。」

我翻過船邊，沿著傑夫的繩子潛下去，發現他正在莫泰蒙向我們描述的峭壁邊上休息。沒過多久，一盞燈朝我們慢慢降下來，但是它在我們上方沒多遠處消失不見。傑夫比著手勢，要我把手電筒朝上方照，然後他往上游去，原來那盞燈卡在峭壁的最頂端。於是傑夫把它解開，隨即扯動繩子拉了兩下，亨利便讓那盞燈越過峭壁頂端繼續向下沉，直到傑夫猛地扯兩下繩子，示意要上面的人停住不放。傑夫向我揮揮手，於是我們一起向下潛去。我可以感覺到水溫越來越低，耳朵所承受的壓力也越來越大了，沒多久我就得停下來休息一陣，讓身體稍微適應環境。就在這個時候，我看到傑夫做了一個「平坦」的手勢，真是讓我非常高興，因為我恐怕沒辦法再潛到更深的地方了。我不知道現在到底有多深，不過當我們向下照光時，底部似乎沒有任何東西。我用眼角餘光瞥見傑夫做出「停止」的手勢。

我們開始用很慢很慢的速度退回峭壁的頂端，以便有足夠的時間逐漸減壓；到了半路上，我們在另一個岩架停下來稍事休息。這個岩架相當寬闊，上面生了一大堆長長的水草；我坐在岩架上，不禁思及這整個探險任務，到頭來竟然變成愚蠢的失敗行動。炸彈顯然掉在非常深的水域裡，而假使情況真如我們的猜測，那麼要找到它就必須使用安全裝備才行，所以乾脆收拾所有裝備回家去算了。我幾乎已經聽到全部的記者都對著我們狂笑，還不忘對亨利那張花俏的地圖，加上他那神奇的「磁力計」，補上幾句風涼話。

就在這時候，有某樣東西掠過我的面罩，我抬頭向上看，結果發現一尾我這輩子所看過最最巨大的湖紅點鱒。牠如同閃電一般現身於水草間，從我和傑夫之間猛然游過。我猜想，牠一定是流傳於長毛象瀑布鎮釣魚人口中的那尾巨無霸鱒魚，大家都叫牠「大針墊」。從來沒有人能夠想出辦法捉住牠，而且沒人知道牠在草莓湖的哪個地方出沒。牠偶爾現身，鉤住某人的釣線，然後帶著釣線逃之夭夭。有人曾經估計，牠身上約莫有二十到三十多個魚鉤。

我看看傑夫，他也正看著我，並舉起手指向後指指大針墊剛才現身的水草堆。又有一尾巨無霸鱒魚從那裡衝出來！牠是我這輩子看過第二大的湖紅點鱒，但牠隨即滑進黑暗之中消失蹤影。這時候，我已經把炸彈拋諸腦後，心裡只想著我和傑夫無意間發現大針墊藏身的地方，而且據我猜測，說不定整個巨無霸湖紅點鱒家族都住在這裡呢。我們兩人開始翻動水草叢，馬上又有兩尾大鱒魚從裡面溜出來。於是傑夫開始手腳並用地在水草堆上爬，用手電筒戳戳面前的水草，而我則跟在他身後掙扎前進。我們終於爬到峭壁頂端，但是這裡沒有鱒魚。突然間水草全都消失了，也不再有峭壁地形，我們似乎意外發現了一個又大又黑的洞穴。

我們兩個人開始倒退踩水以便減速。除非認得路，否則你不會想進入水底下的奇怪洞穴，因為絕對可能會無法脫身，所以首先便要趕快退後，並試著找出自己所在的方位。我們退回到濃密水草的生長界限附近，打開手電筒照亮四周，希望能辨認出峭壁頂端所在的位置；我們過不久就發現，偶然之間被我們發現的這個洞口，剛好隱藏在岩架上高高生長的水草後面。傑夫向我比了個手勢，意思是叫我游進去探個究竟，一直游到繩子拉緊為止，而他會守在洞口。

我們之間綁了一條大約十二公尺長的繩子，但其實用不到那麼長，因為我游進去還不到六公尺就摸到洞穴末端的牆壁了。又有兩條鱒魚從我身邊的岩石後方匆匆逃走，牠們衝到洞穴底部去了。我把手電筒的光束轉向下方，眼前看到的景象使我心臟狂跳至兩倍速度，有一條鱒魚看起來簡直像鯨魚那麼大！牠就躺在底部的沙子上，像石頭一樣動也不動，而我的腳突然就像結冰一樣無法動彈。那時我心裡只有一個念頭，我完全不想跟這麼大一隻鱒魚待在同一個洞穴裡，於是頭也不回地衝出洞穴，我的模樣簡直像是魚叉從槍裡射出來一般，結果一頭撞上等在洞口的傑夫，那時真像是個笨蛋啊。出洞口後才想到我根本是自己嚇自己，我顯然不停地想著大針墊這回事，以及巨大鱒魚的秘密藏身處，以至於把搜索任務給忘得一乾二淨了。所以呢，我剛剛在沙地上看到的東西，事實上很可能就是那顆原子彈！

我發瘋似地向傑夫比畫動作，他便跟著我回到洞穴中。我先踩水倒退以免撞到裡面的牆壁，示意叫傑夫先停在高一點的地方，然後將手電筒的光束朝向地上照射。傑夫也拿他的手電筒跟著照，我們同時看到一個閃閃發亮的金屬物體，大約有三公尺長，模樣挺像是一根肥滋滋的雪茄。這就毫無疑問啦，它便是那顆弄丟的原子彈；顯然由於某種因素，它剛好垂直掉進這個洞穴裡。

我們在它上面踩著水，它在底下看起來似乎完全沒有危險性。不過我隨即意識到它是什麼樣的東西，這時候我像是挨了一記悶棍，感覺跟剛才以為看到巨無霸魚的時候差不多。我只想趕快離開這裡，免得情況失去控制。我看看傑

夫，便知道他跟我有同樣的感覺，他已經開始後退游向洞口去了。亨利曾經一次又一次告誡我們，如果我們找到炸彈，切記千萬不要在炸彈附近逗留。就在此刻，我們完全同意亨利說的話。

當我們跟其他人說找到炸彈了，你可以想像我們那幫人飽受煎熬的模樣，因為大家恨不得又跳又叫、大聲狂吼「酷斃了！」，可是不行，因為傑夫和亨利一直叫大家閉嘴，而且不能再搖晃小船了。我們花了五分鐘的時間討論接下來的行動，同時大家仍然隨時注意四周動靜，以免有巡邏艇冷不防突然出現。我拿出水底相機檢查一番，並確定氧氣筒還有足夠的氣體，而亨利幫莫泰蒙檢查他的裝備，他們足足檢查了三次。傑夫把毯子披在肩膀上，擠進船頭的船艙裡休息一下。

我和莫泰蒙翻過船側，心裡很清楚等一下要做的事，而且動作要快一點才行。雖然霧氣越來越濃，然而湖上並不是每個地方都有濃霧，巡邏艇還是可能隨時出現；我們準備潛下去時，費迪便宣稱，他看到探照燈正在岸邊夏日別墅那個區域來回搜索。我和莫泰蒙之間繫著十二公尺長的繩子，兩人一起沿著垂降繩潛下去，洞口留有醒目的光線，因此要到達目的地可說輕而易舉。我以不同的角度為炸彈拍了四張照片，莫泰蒙也跟我一起游進洞穴，因為我跟他說我不想一個人待在洞裡。

然後我們游出去。我用繩子先將相機送上水面，然後開始著手固定一個裝置，它後來將令人大吃一驚，這是亨利想出來要嚇嚇那些記者的點子。其中一艘船的船錨慢慢垂降到我們身邊，我們把它塞進洞口的一些岩石中，還在上面堆了更多石頭，確定它不會因為拉扯而鬆開來。然後我們拉拉吊燈，隨即離開那裡。

我們繼續往水面游上去，這時候亨利和哈蒙拿了舊輪胎的內胎充氣吹漲，把它綁在桃子籃的蓋子上。等我們浮上水面，亨利正小心翼翼地在籃蓋上面黏幾條金屬線。

「別把這東西弄濕了。」亨利說。他和哈蒙從船邊把那東西往下放低。

我和莫泰蒙拖著這個玩意，把它移到洞口的正上方，並勾在錨繩上，然後將它與小船連接的繩子給切斷，再游回小船上。

「你在內胎上弄那一堆有的沒的要幹嘛？」我問亨利，一邊把面罩脫下。

「等到明天早上就知道了。」亨利回答：「現在我們得趕快離開這裡！」

傑夫和哈蒙舉起船槳，開始沿著半島的西岸慢慢划回去。我們盡量靠近岸邊，只要巡邏艇的聲音一出現，就可以馬上躲到岸邊的洞穴裡。不過顯然不必太擔心，因為現在濃霧已經完全沉降下來了，巡邏艇幾乎不可能開太快，也不太會冒險開到遠離岸邊的區域。我們差不多到達昨天晚上藏放小船的地方了，這時候，亨利突然用手猛拍額頭大喊：「等一下！等一下！等一下！」

「怎麼了？」傑夫說，他把船划到他們旁邊。「亨利，應該繼續前進啊，我們到目前為止都很順利，可別搞砸了呢！」

「我忘了那個接受器！」亨利大吼：「我忘了把接受器打開！」

「真的嗎？」

「我們非回去不可！就是這樣啦，沒什麼好說的，我一定要回去！」

「看吧，我就說嘛！」費迪跟丁奇說道：「亨利就是這樣，什麼事都逃不過他的手掌心！」

「好啦！好啦！」傑夫說：「如果你沒有打開接受器，我們今天晚上就算是白忙一場了。我們非回去不可，不過動作得快一點喔！」

接下來由傑夫掌控全局，就像他平常處理危機事件一樣。他叫亨利換到我們船上來，費迪和莫泰蒙到另一艘船去。接著他要哈蒙把船划到昨天藏身的小湖灣裡，在那裡等我們回來，而我和傑夫則一人拿一支槳，又向半島岬划去。

「喂，假使我們回到那裡才發現，你根本沒有忘記打開那玩意，那可就真的糗大了！」傑夫說道。

「我就沒臉見人了。」亨利自己也承認。

「你是該沒臉見人啦，我會把一隻船槳纏在你的脖子上！喂，查理，不要划那麼快啦！我有點沒力了！」

我稍微划慢一點，因為傑夫已經有點累，不過我們還是很快就抵達了。亨利的鬼玩意用內胎綁著，漂浮在水上。我們把船划到它旁邊，亨利趕緊從口袋裡拿出一隻小型手電筒，檢查桃子籃蓋上的其中一個黑盒子。

「怎麼樣？」傑夫問道。

「現在可以了。」亨利說。

「現在?那剛剛可以用嗎?」

「無可奉告!」亨利雙手抱胸，坐在船尾說道。我們趕緊划動小船，回到哈蒙和其他人等待的地方。

「我估計剛才多花了十五分鐘。」傑夫說。這時候我們終於划到小湖灣裡，另一艘船正在那裡等我們。

「是啦，像你還那麼年輕，當然不會忘東忘西囉!」亨利惡狠狠地說道。亨利很少像這樣講話，不過我看得出來，他是因為自己犯錯而生氣，況且他並不是有意要這樣講話的。而事後看來，多虧有這額外的十五分鐘，我們才免於遭遇到真正的難堪場面。

等我們回到沼澤區，把所有的裝備都卸下來後，傑夫和哈蒙再度出發橫越草莓湖，把他們借用的小船歸還原位。由於大霧實在很濃，他們認為應該不會遇到岸邊的巡邏隊。我們決定把設在北岸的信號機發報器留在原地，等明天再去拿，所以荷馬跟我們其他人走小徑回到火雞山路，這樣就多一個人幫忙搬那一大堆有的沒有的東西。

我們連鐵道都還沒走到，就聽到音量全開的巨大聲響，很像是警察無線電的聲音，每隔一陣子就聽到某人的聲音從無線電傳來，裡面夾雜著嗶嗶嘎嘎的雜音，接下來便是七嘴八舌難以分辨的講話聲。亨利舉起手要大家停下來，我們站在小徑上，跨坐著腳踏車。喔，只有丁奇除外，這還用說嗎？他坐在腳踏車上前後搖晃，一隻手扶著旁邊的樹枝，心裡期盼大家能夠繼續前進。我們一定在那兒站了超過兩分鐘，聆聽彼此的呼吸聲，連一根寒毛都不敢動。荷馬的扁桃腺有點毛病，他喘氣的聲音實在很大，聽起來像是老朽的幫浦嘰嘰嘎嘎亂叫，恐怕要上點油才行囉。

「你不能讓聲音聽起來像鳥叫聲嗎？」莫泰蒙終於對他這樣說：「這樣會洩露我們的行蹤啦！」

「當然可以像鳥叫啊，不過你們聽了可能會太興奮，說不定還會生顆蛋哩！」荷馬咬牙切齒地低聲說道。

費迪忍不住了，他終於嗚嗚嗚地低聲笑出來，丁奇也發出咯咯咯刺耳的傻笑聲，嚇得我們全都跳起來。不過也在這時候，我們聽到警察的無線電又發出嘎嘎雜音，我猜這真是救了我們一命。

「全部離開小徑！」亨利下令：「把腳踏車藏到灌木叢！要安靜一點！」

我們小心摸索前進，穿過灌木叢走到小徑的左側，那兒有個小沙丘，上頭長滿了低矮的杜松和月桂樹，我們可以把腳踏車藏在那些樹叢裡，而且至少有點空間可以盤腿坐下，這樣就不會被別人看見了。

「我想啊，我們最好研究研究路邊那些人到底在幹嘛。」等大家全都坐好之後，亨利這樣說道。

「什麼意思啊？」丁奇問道。

「意思是說，我們打算偷偷溜出去，像間諜一樣偵察那些人的動靜啦。」

莫泰蒙說：「不過啊，會傻笑的人不能去！」

「你是說，真的要當間諜嗎？像電影和電視裡面那樣？」

「哎喲，我是說實實在在的偵察啦！」莫泰蒙說：「我們要去看看他們在做什麼，聽聽看他們說些什麼，這樣懂了嗎？」

「噢！」丁奇說。

「你大概是最適合的人選。」亨利說：「你可以偷偷溜進灌木叢、爬到樹上去嗎？」

「當然可以啊。」丁奇摸摸鼻子說道。

亨利派我跟丁奇一起去。我們繞過樹林，爬上鐵軌南邊一個高高的土堆，從那裡向下俯瞰火雞山路。土堆邊緣沒有灌木叢，不過有兩塊大石頭懸空卡在土堆邊，兩塊石頭很靠近，中間只隔一道窄窄的縫隙。丁奇在這種地方最靈活了，他設法爬過兩塊大石頭陰影下的草叢，奮力鑽進縫隙裡，最後終於可以用一邊眼睛向下看到路上的情形。他馬上帶著最新消息爬回來，說他看見一輛空軍的轎車和一輛警車停在路邊，也就是費迪跟兩個空軍憲兵講話的地方。

「他們面向哪一邊？」我問丁奇。

「他們站在靠我們這一邊，面向鎮上。」丁奇回答。

「有幾個警察？」

「我看見兩個空軍憲兵，還有兩個長毛象瀑布鎮的警察。可能不只這些人啦，我沒辦法看得很清楚。」

「你再去一次，要看仔細一點！」我跟他說：「我們得知道他們總共有多少人，還有他們在這裡做什麼。」

丁奇又悄悄爬回去，穿過草叢，把自己塞進兩塊大石頭之間，就在這時候，其中一輛車的無線電又開始發出很吵的嘎嘎聲。傳出來的聲音扭曲得很厲害，根本沒辦法聽懂，不過倒是可以聽見這邊警察回答的話。

「沒有，長官！」他說：「我們已經沿著道路找了很久，還往道路兩旁的樹林深入搜索大約一百公尺的距離，沒有找到那個小孩的任何下落。州警的車子已經離開現場了，長官。」然後又從無線電傳來一大堆雜音。過沒多久，我又聽見那個憲兵講話。

「正確，長官！就是我們！我和哈迪中士都跟那個小孩說過話，我們可以確定就是這裡沒錯。那時候，我們大約過了十分鐘就開車回到這裡，可是沒有再看到他。我們可以確定，他不可能就這樣一路騎車回到長毛象瀑布鎮，一定停在路上的某個地方，可是我們不曉得他在哪裡。」

「嘎嘎！嘎嘎！嘎嘎！」然後是：「問得好，長官！我們在路的北邊沒有發現任何輪胎的痕跡，不過從這裡往鎮上的方向，西側的路面上有一大堆胎痕。看起來似乎不只一輛，可是我們看不出他們往哪個方向去。」「嘎嘎！嘎嘎！」「我不知道，長官！那小孩說他從克林頓鎮回來，說不定他是騙人的。」「嘎嘎！嘎嘎！嘎嘎！嘎嘎！嘎嘎！」「是的，長官！」「嘎嘎！嘎嘎！嘎嘎！」「是的，長官！」「嘎嘎！嘎嘎！嘎嘎！嘎嘎！」「是的，長官！我完全了解，長官。不過，我們沒想到會在後座找到那個香蕉皮！是的，長官！一點都沒錯，長官！」

那些對話夠我搞清楚整個狀況了。這輛空軍憲兵隊的車子，正是逮住費迪、讓他曝光的那輛車，那時候我們正要切進樹林裡，朝著產業道路前進。他們必定在幾分鐘後回到這裡，但竟然沒有遇上騎腳踏車要回長毛象瀑布鎮的胖小孩，於是心生懷疑。顯然他們還回到長毛象瀑布鎮警察局去找費迪呢。

然後，我又聽見空軍憲兵先生的聲音了。

「嘿，哈迪！隊長叫我們留在這裡，他派了十個人坐貨車出發，還有另一個小組的車子也從長毛象瀑布鎮趕到這裡來。我們要從這裡開始搜索整條路，一直找到鎮上去。」

我學了個鵪鶉的輕柔叫聲，丁奇便從岩石那兒爬回來。

「我想你也聽見了。」他說。

「應該是啦！那我們回去吧。」

我們很辛苦地爬回小徑旁的圓丘，向大家報告我們剛剛聽見的事。亨利摸摸下巴陷入沉思，邊用手指撥弄沙子。

「喂，你們這些傢伙，有什麼好點子嗎？」莫泰蒙低聲說道。

「我們可以回家嗎？」費迪都快哭出來了：「亨利，還是我們得回到那個髒兮兮的沼澤？」

「那樣不會比較好啦，費迪。不過我知道有個方法可以離開這裡……得靠點小運氣就是了。」然後亨利開始在沙地上畫圖。「問題是，我們不能帶太多東西，也就是說，有些裝備得放在這裡，希望過一陣子可以回來拿。」

「我們每次都這樣。」荷馬說：「亨利，這是你本來就計畫好的嗎？」

「我們得抬起腳踏車，翻過鐵軌對面的這條稜線，而且絕對沒時間再回來拿其他東西了。如果我們可以到達比鐵軌稍微北邊一點的地方，從那裡偷偷穿越火雞山路，就可以沿著鐵軌走到白叉路，再從那裡騎回家。能不能順利回家，就看穿過馬路的那一刻了。」

我們把所有裝備都藏在灌木叢裡，還包括三輛腳踏車。待會兒騎回家的時候必須兩個人騎一輛，因為等一下翻過稜線、穿越樹林的時候，我們估計只能應付三輛腳踏車。

大家先越過鐵軌，手忙腳亂地滑下另一邊的砂礫斜坡，還要拖著腳踏車一起走。進入樹林和灌木叢後，面前有個三十公尺高的稜線等我們爬上去。所有人無不筋疲力竭，可是亨利只讓大家休息一下子，因為我們得趕在增援部隊之前到達馬路旁。大家很小心地走下稜線的另一邊，好不容易到達火雞山路，位置大概在鐵道北邊轉彎處的半路上。我們沒辦法再往更北邊走了，因為前面有個大池塘擋住了我們的去路。

「我們得從這裡越過馬路，」亨利說道，所有人都站在路邊的溝渠旁。

「大家必須全部一起衝過去。排成一橫排面對馬路吧。」

「全部一起衝過去是什麼意思？」費迪問道。

「意思是我們六個人排成一排衝過去，」亨利向大家解釋：「這樣在數學上的機率對我們有利。假使我們一次一個人偷偷溜過去，暴露行蹤的機會就有六次。而如果我們肩併肩一起衝過去，就好像是一個人穿越馬路，那麼他們只有一次的機會可以看見我們。」

「這就是亨利，什麼事都逃不過他的手掌心！」費迪跟丁奇說。

亨利叫我們排成一橫列，等待他的指示。距離此地三十公尺遠的路上停了兩輛巡邏車，車子的警示燈不停閃爍。兩輛車之間的路面上燈火通明。

「等我們越過馬路後，要走進右邊樹林，我會帶大家到鐵軌去。」亨利緊張地說：「無法知道他們會不會看到我們，所以不等了，數到三就衝！」

等亨利數到三，大家便爬上水溝的邊坡，急急忙忙衝到馬路對面去。荷馬摔了個狗吃屎，兩腳膝蓋都跪倒在地，莫泰蒙只好自己一個人抬腳踏車，不過我們才剛衝進馬路對面的樹叢裡，荷馬就跟上來了。走向長毛象瀑布鎮的路上，警笛的呼嘯聲不斷朝我們這個方向傳來，大家不禁心想，剛剛真是抓對時機了。亨利警告我們走慢一點，免得發出太大的聲音，不過他大可不必啦，因為我們闖進一片黑莓灌木叢中，每走一步都得費力地撥開枝椏。

「看我怎麼對付！」莫泰蒙說道。他跟荷馬一起抬起他的腳踏車，拿腳踏車當作推土機，在黑莓叢中清出一條血路。

大家跟在他們後面走，終於突破樹叢障礙。接著亨利帶頭走下樹林裡的一段緩坡，最後又到了鋅礦場延伸出來的舊鐵道。從那裡到白叉路大概還有三公里路，這之後就好走多了。我們有時騎上腳踏車，有時由於鐵道兩旁長滿了藤蔓和長草堆，只好推著腳踏車前進。最後我們從白叉路騎車回家，別人還以為我們剛從白叉鎮的露天市集逛完嘉年華會正要回家，所以沒人找我們麻煩。

回家後，我媽逼問我又野到哪裡去了，身上的衣服竟然破破爛爛，還髒兮兮的。我說是在露天市集打橄欖球。「橄欖球?在晚上這種時間打橄欖球？」

「我們用螢光球打嘛。」我說，而我猜她相信了，因為她沒跟在我後面一起走進暗房。我到暗房把晚上在洞穴裡拍的照片洗出來，然後才上床睡覺。

亨利大獲全勝

我開始講這些故事之後，不少人對於我到底姓什麼感到很好奇，我好像從來沒說過噢。我倒是有個十分堂皇的理由，因為我姓芬考迪克！而我現在突然提這檔事，事實上是因為，隔天早上我聽見的第一個聲音，便是我媽站在樓梯下面對著樓上大喊：「查理．芬考迪克！床墊把你黏住了是吧？」

那個姓帶有某種意思，因此我只要一聽到它就會馬上驚醒；而那個姓還有另一個意思，於是我又希望能夠不必起床。可是只要我一賴床，老媽就立刻爬到樓上來，手上拿著廚房裡的長柄刷打算上來清掃一番，彷彿我身上結滿了蜘蛛網似的。如果你從來沒有一大早就被硬梆梆的稻草長柄刷在背上刷來刷去，你一定會很想試試看，尤其在脫光衣服的時候。像我，我很累的時候就會脫光光睡覺……

無論如何，我到底姓什麼一點也不重要，因為我不會再提這件事，而你也別跟其他人說喔！

今天早上，我還沒等到長柄刷伺候，整個人就從床上彈起來，簡直像是掉到蛇洞裡似的。我不知道現在幾點了，一時也找不到昨天晚上亂丟的衣服，忙亂中先是被椅子絆到腳，然後勉強從衣櫥上一把抓下鬧鐘，還有昨天晚上睡覺前洗好的照片，然後匆匆忙忙跑到樓梯口。「我的天哪！」我心想：「我敢打賭，傑夫和亨利一定早就到了傑夫家別墅的碼頭，正想著我跑到哪裡去了。唉，我就說我被小蟲子咬得很慘好了。啊不，乾脆說我老爸叫我幫忙割草。可惡！兩天前莫泰蒙才幫我割過草。我的媽呀！」我抓起鬧鐘看了看，指針竟然指著三點半。這下可真是糟糕了！

「喂，媽！現在幾點啊？」我在樓梯上大喊。

「小子，是你該起床的時間囉！」

我要知道的不是這個啦！

「喂，媽，我不是在跟妳開玩笑，現在到底幾點啦？」

「如果你準時起床，就會知道現在幾點啊！」

「拜託啦，媽！廚房的時鐘現在到底幾點啦？」

「我不知道，我人在客廳。你房間不是有鐘嗎？你忘了上發條吧？」

「不知道啦，我也希望我記得啊！」然後我全身光溜溜地衝下樓，一溜煙地穿過客廳跑到廚房去，接下來只聽到一聲嚇死人的尖叫，原來隔壁的阿波帕太太正站在冰箱前面。她趕緊用兩隻手遮住臉，而我只好繼續滑過廚房地板，從爐子後面抓起一條擦碗布把自己圍起來。然後我又衝出去跑到樓梯前，這時候阿波帕太太已經笑得前俯後仰，她整個臉都漲紅了，而我猜我則是從頭紅到腳吧。最後，我只好把兩條腿夾緊，像青蛙跳那樣，一階一階地跳到樓上去。

「查理，現在到底幾點啊？」我媽在我身後叫道。

「我不知道啦，」我說：「剛才忘記看了。」

然後我也聽到老媽的笑聲。我覺得自己像個大笨蛋，氣得猛踢樓梯最頂端的大柱子，結果腳拇趾差點骨折。

「查理，阿波帕太太說現在是七點半，她想知道，第二幕何時上演哪？」

莫泰蒙一定知道要如何回答阿波帕太太的問題，可是我實在想不出來，所以我只是用單腳跳進房間，趕緊套上衣服。如果我動作快一點，應該可以準時到達湖邊。我穿好衣服，抓起照片，又衝下樓梯，穿過廚房跑到門外去。

我從阿波帕太太身邊溜過時，她說：「哎喲！他穿上衣服還挺好看呢！」

「查理！你要去哪裡呀？」我媽大叫：「你還沒吃早餐！」我早已經跑下樓、跨在腳踏車上，只好假裝沒聽見她的聲音。所有的老媽都希望你趕緊起床，動作快點，可是一旦你想要草草吃過早餐或根本不吃，整個世界居然可以為了你而停下來。她們會說出：「把玉米片吃完！」「好好吃頓早餐最重要，其他事情都可以等一下再做！」「你給我乖乖坐好，把那顆蛋吃光光，不然你別想出門！」這類鬼扯淡。你不禁會想，世界的命運八成掌握在兩顆半熟的蛋和一片土司手中吧，或者一碗熱麥片就會使得「滑鐵盧之役」完全改觀呢。

「查理．芬考迪克！你到底在忙些什麼啊？」我媽對著我大喊，而我趕緊騎上腳踏車逃之夭夭。

「你不懂啦，」我也吼回去：「我忙著搞我的科學大業嘛！」

等我來到湖邊，有一小群記者已經聚集在傑夫家的別墅旁，他們正在跟兩個空軍憲兵和警長辦公室派來的代表高聲爭吵。警察早已沿著整條路都設下路障。這時我看見亨利和傑夫坐在別墅旁邊的一個路障上，簡金斯先生正在跟他們說話，而他的攝影師在一旁忙個不停，把所有的攝影器材架設妥當。費迪則是閒閒地站在攝影師旁邊，仔細研究他的每一個動作。

「嘿，查理，趕快過來啦！」費迪對著我大叫：「你要上電視了喔！」

「怎麼回事啊？」我問亨利：「我太晚起床，不過我盡快趕過來了。」

「還有很多時間啦。我們必須等候普特尼警長大駕光臨，而且不確定能不能到傑夫家的碼頭上去，他們還有得吵呢！」

「你有沒有帶照片來？」

「藏在我的襯衫裡。」

「看起來怎麼樣？」傑夫問道。

「很不錯喔。有一張看起來真是美呆了！」

「給我看看。」傑夫說。他們爬下路障，我們躲到路邊沒人看見的地方。

我拿起一張從炸彈前端向下照的照片給他們瞧。「哇塞！太棒了，查理。這下他們總該相信了吧。」傑夫說。然後傑夫朝著簡金斯先生揮舞照片，他就站在附近。

簡金斯先生走過來，我趕緊把照片塞回襯衫裡。

「沒關係啦，查理。」亨利伸出他的手，說道：「我來給他們致命的一擊吧！我要吊吊簡金斯先生的胃口，只讓他瞄一眼就好了。」

「你們手上拿的是什麼啊？」簡金斯先生問道，他走到我們身邊來了。

亨利拿照片在他眼前晃了一下：「你說呢？」

「不知道，看起來像桶裝瓦斯，或是機翼下方的輔助油箱……嘿，慢著！該不會是那個氫彈吧？光是照片還看不太出來。這照片是怎麼來的？」

「這樣說好了，我們從湖裡把它給釣上來囉。」亨利說。

「亨利，你把我們全都叫到這裡來，就是要給我們看這個？」

「當然不是囉！我要帶你們走出去一點，把炸彈的位置指給你們看。現在呢，如果你可以跟普特尼警長好好談談，允許大家走到碼頭上，那麼你就有很棒的報導可以寫。噢！我猜他已經來了。」

亨利把照片塞到他自己的襯衫裡。我們向那群記者走過去，普特尼警長的車子便停在那兒，還有一輛州警的車子正要熄火。

「喂！你要開始採訪了吧？」矮攝影師叫道：「我統統都準備好囉。」

「全部關機！」簡金斯先生回頭向他說道：「現在用不著了，我們要準備到碼頭上面去採訪。」

普特尼警長步下座車，後面跟了一位空軍上尉，還有一個州警從另一輛車鑽出來。他們發現一大堆人擠在這裡插科打諢兼閒扯淡，普特尼警長想搞清楚到底怎麼回事。

「不管你們提出什麼理由，按規定，所有人都不准進入湖面。」那位空軍上尉向記者們宣佈：「所以你們最好回旅館休息，或者回你們住的地方去。」

「嗯……白頭上尉，且慢。」普特尼警長按住他的肩膀，打斷他的話：「我相信長毛象瀑布鎮還算是我的管轄範圍。應空軍的要求，我把草莓湖和這些湖邊小屋列為禁區，可是我可沒有把警徽也交給你們喔。現在呢，這位先生，把你打算做的事情向我說明清楚，我也許可以批准你的請求。」

「警長，我們並沒有打算到湖面上。」簡金斯先生說：「我們只是想要到碼頭上面去，只要拍幾個畫面就好了。」

「警戒區域內不准拍照！」白頭上尉說。

「嗯……」普特尼警長清清他的喉嚨：「這裡是警戒區域嗎？是誰宣佈的？我可沒有印象喔。」

「我也是被告知的！長官！」

「咦，怎麼沒有人順便通知我一聲呢？看來有人忘記囉。我只知道要叫大家遠離草莓湖，但沒人提過關於拍照的事啊！」

「這些人必須取得空軍基地的許可才行，長官。」

「這個嘛，白頭上尉，你回去跟你們司令部確認一下，看看到底需要什麼樣的許可才行。不過依我看來，只要諸位媒體記者先生能夠提出正當的理由，而且理由也能夠說服我，他們當然可以到那裡去拍照。」

「我們有個正當的理由！」簡金斯先生說：「理由很簡單，空軍方面聲稱他們不知道炸彈在哪裡，可是這些小孩說他們知道。他們說，只要大家登上碼頭，他們就會證明給大家看。」

「要如何證明啊？」

「我怎麼知道？可是，假使我沒有追蹤這則報導，那我未免太笨了吧。警長，相信我，他們已經拿了些東西給我看，夠我相信他們所言不假啦。」

「他們拿什麼給你看？」

「我想，我先別說出來比較好。」

「咦，昨天不是有人跟霍金斯糾纏不清嗎？就是那個摩里根家的小孩吧？」

「對啊，就是他。」

「我昨天晚上好像在電視上看到他？」

「應該是吧。眾議員摟著他，而他拼命想要掙脫出來。就是他！」

「噢！也就是說，大家開口閉口說的『瘋狂科學家』就是他啊，對吧？」

「沒錯！就是他沒錯！」另一個記者接口說道：「就是那個滿口胡言的傢

伙，他還拿了一大張地圖和磁力計什麼的。」

「好吧！這我得親自來瞧瞧。」普特尼警長說：「各位先生，跟我來吧！」於是他把一個路障抬起來放到旁邊去，昂首闊步地登上碼頭。

「普特尼警長，呃，長官！」

「白頭上尉，有什麼事嗎？」

「我必須提醒您，我得向我的長官報告這件事！」

「那當然囉，白頭上尉。對了，別忘記告訴他們，這些先生目擊到湖上有可疑人士出沒喔，他們正打算指給我看呢。各位先生，咱們走吧！」

普特尼警長眨了眨眼，於是那些記者歡聲雷動，大批人馬穿越障礙線，登上傑夫家別墅前方的碼頭。簡金斯先生的攝影師匆匆忙忙地跟在大家後面，嘴裡不停地抱怨，說他根本沒時間準備，而且他每走一步就掉一樣器材，最後只好把所有的東西都堆到一台老舊的木製手推車上。荷馬和丁奇看他可憐，幫他把掉在地上的三腳架和底片匣給撿起來。

不消說，哈蒙當然是一馬當先，趕在大家的前面衝到碼頭的最前端。他馬上就準備妥當，等到所有人一到達便開始發表演說。

「各位女士、先生，請靠到右邊來。」他裝模作樣地高聲說道，手裡還拿了一根事先削好的長柳條，嘟嘟嘟地在碼頭上敲著規律的節奏。「各位即將親眼目睹史上最驚人的超級大戲法，保證連歐洲的各個王室都沒看過。這位摩里根博士是國際知名人士，他不僅運用奇特的絕技來挑戰各位的記憶力，使大家瞠目結舌，而且一旦有任何人提出質疑，他還會扯個漫天大謊來應付應付，甚至向大家證明手掌的確比眼睛大噢。只此一次，絕無下例……」

「哈蒙，閉嘴！你給我閉嘴！」傑夫說道：「讓亨利上去講話啦。」

但哈蒙還是繼續講：「各位女士、先生，您即將目睹史上最驚人的……」

當他面對著半島岬，做出他的招牌動作時，卻一個不小心摔到碼頭下去了。

「誰都不准到湖裡去！」普特尼警長大叫：「年輕人，快給我離開！」

然而哈蒙根本聽不見警長的聲音。他掉到一公尺深的湖底去，只剩下水手帽和長柳條在水面上載浮載沉。最後他終於浮出水面，兩個好心的記者把他拉到碼頭上面來，莫泰蒙則把濕帽子隨便扔到他頭上。

「我們應該撤銷你的俱樂部成員資格，因為你根本不配當個科學家。」莫泰蒙說道：「現在聽好了，你在碼頭上交互蹲跳，等到全身乾了才能停！」

所有記者看到哈蒙都笑得前俯後仰，只有他自己笑不出來。他開始交互蹲跳，嘴裡不斷咒罵，心裡想到任何事情就怪罪一番，也氣自己為什麼會掉到水裡去。普特尼警長叫哈蒙待在碼頭旁的沙灘，然後催促記者聚集在碼頭前端。

「現在把時間交給摩里根博士。」普特尼警長說：「你邀請大家到這裡來，到底是什麼原因呢？」

亨利站在碼頭的最前端，用手指著半島的方向：「請大家把所有的相機和攝影機對準半島岬。我們已經準備就緒，馬上就讓大家看看炸彈所在的位置。等你們準備好就告訴我。」

「麻煩你給我們一點提示，讓我們知道到底要拍些什麼，可以嗎？」有個攝影記者問道：「這樣我才能做好準備。」

「它會是個亮橘色的物體。」亨利說。

「在哪裡？我沒看到湖上有什麼亮橘色的物體啊？」

「我也沒看到。」亨利說：「如果我看得到，情況就有點不妙了。」

「嘿，聰明小子，你這是什麼意思啊？」

「意思是說，現在湖面上不該有亮橘色的物體，不過等你們準備好之後，它就會出現了。」

「我猜啊，掉到湖裡的那個瘦小孩說得沒錯，」有個記者不以為然地說道：「不管怎麼看，都像是場鬧劇。」

「耶！」又有個油腔滑調的傢伙說道：「繼摩西過紅海之後，這肯定是最偉大的噱頭啦！我敢打賭，這個小孩要讓湖面裂成兩半，我們就可以拍到炸彈躺在湖底的照片囉！」

所有人都笑了，亨利的耳朵開始有點泛紅，頭皮也猛地抽搐了幾下。

「大家準備好了嗎？」亨利問道，語氣帶點猶豫。

「我準備好了，我猜其他人也都沒問題了啦！」矮攝影師對簡金斯說道。其他攝影記者突然開始鼓譟。「嘿，矮子，你不是開玩笑吧？」「喂，大家聽好！矮子準備好了！」「摩里根博士！矮子說你可以開始表演奇蹟嘍！」

不知道為什麼，大家都叫那位矮攝影師「矮子」，不過我想那不是他的真名。

亨利走到碼頭邊，而傑夫拿了一個黑色的小玩意給他，上面有一堆按鈕。亨利拿著那東西對準遠方的半島，再回頭看看那些攝影師，確定他們都準備好了。他突然間舉起左手，按下一個按鈕。

啥事也沒發生。

接下來是一陣好長的靜默，真是有點尷尬。攝影記者透過觀景窗瞄了一會兒，然後抬頭看看亨利，隨後又透過觀景窗望了望。

還是一樣，什麼狀況也沒有。

亨利再按了一次，然後用手遮住陽光，仔細查看遠處半島附近的景象。我睜大了眼睛，但是除了水之外，什麼也沒看到。一定出錯了！

傑夫走到亨利身邊，那些攝影師和記者彼此咬耳朵，又開始說起風涼話。

「嘿，亨利！」傑夫低聲說：「你昨天晚上該不會把接受器給關掉了吧？」

「我確定把它打開了啊，」亨利說：「或許它可能弄濕了。」

「再試一次吧！」

亨利再次按下按鈕，可是仍然沒消沒息。

「嘿，再這樣下去就是無安打比賽囉！別灰心啊！」有個攝影記者叫道。

亨利滿臉通紅，一直紅到髮根處，然後他轉身背對那群記者。「夥伴們，沒關係。」他以沙啞的聲音說道。「我只是忘了把發報器打開，只是這樣而已啦。」然後他把小黑盒上的一個開關啪地一聲打開。

我終於鬆了一口氣，隨後忍不住爆笑出聲，實在是忍不住了啦。亨利瞪著我，那神情像是我跟他說，他最親密的女朋友正在跟我哥哥約會——只不過亨利一直都沒有女朋友，而我也沒有哥哥就是了。於是他又轉身面向那群記者，舉起手對準半島方向，然後按下按鈕。

「嘿，你看！嘿，你看看！」有個攝影記者大聲喊叫，全部人都開始用觀景窗搜索那附近，然後就是照相機的快門劈哩啪啦響個不停的聲音。

在遠方湖面上，大約在半島西方三百公尺處，有個亮橘色的東西浮出水面，它慢慢漲大得像是重達二百多公斤的甘藍菜那麼大。然後它開始浮出水面，一邊升高，一邊不斷地漲大。升高至三十公尺左右，它突然抖動了一下，出奇不意地向下墜落一點點，最後終於不再有任何變化。它漂浮在水面上，緩慢地搖來晃去。

沒過多久，那群記者和攝影師又爆出歡呼聲，這回可真的是發自內心的驚嘆，從那完全不同的音調就可以聽得出來。「嘿，摩里根，做得好！」「摩里根博士，搞定那東西吧！」「喂，那到底是什麼啊？難不成是個原子蘋果？」大家七嘴八舌向亨利問了一大堆問題，逼得普特尼警長不得不走到亨利身邊，免得他被大家推到碼頭後面的水裡去。

「一次只能問一個問題，各位先生，如果大家不介意的話，一次只能問一個問題。」警長說：「現在呢，小摩里根，麻煩你告訴大家，那遠處的東西到底是什麼？還有，那東西跟炸彈有什麼關係呢？」

「那是一個氣象探測氣球。」亨利向大家解釋：「而它所固定的地點便是炸彈所在的位置。如果各位將這個消息通知空軍單位，請他們派遣潛水人員沿著水面下的繩索潛到繩子末端，就會發現炸彈。」

「哇塞！小子，這是真的嗎？」有個記者問道。

「你該不會只是在表演給我們看吧？你真的確定嗎？」另一個記者說。

「不管是真是假，你怎麼把氣球弄到那裡去的啊？」

「我們在昨天晚上就把它裝設好了，」亨利說：「我們是在發現炸彈之後才設置的。」

「你們發現炸彈之後？」

「沒錯！」亨利說道：「我昨天就跟你們說過，我們知道炸彈在哪裡，你們要求看證據。那就是證據啦，就在那裡！」亨利用手指著那個橘色氣球。

「可是那只不過是個氣球啊！」

「如果你們要看的話，我們當然有其他的證據囉。」傑夫接口說道：「不過，你們得趕緊把空軍單位找來，叫他們派遣潛水人員潛到氣球下面的繩索末端，他們就會發現炸彈囉。」

「嘿，摩里根博士！」有個攝影記者大聲叫道：「你能夠把氣球收下去，然後再把它升起來嗎？我怕我剛才拍的照片不夠好啦！」

攝影記者群中出現一陣騷動與竊笑，有個人用手肘推推他旁邊的那個人。

「怎麼又是親愛的『閃光燈』費傑羅呢？他總是沒辦法一次就拍好，對吧？」

「所以啊，只要有人威脅要跳樓，絕對不可以派他去拍照啦。」另一個人說：「我記得他有一回又沒拍好，只好拿五十塊給附近的旁觀者，叫那個人依樣畫葫蘆再跳一次！」

「那個系統只能作用一次。」亨利說道：「我們只能讓氣球升上去一次，而且沒辦把它收回來。」

「亨利，這可不是開玩笑的。」簡金斯先把他拉到一旁。「你到底怎麼把氣球放到那裡啊？還有，你怎麼讓氣球隨你的指揮升到上面去呢？」

「很簡單啊！」亨利說。然後他用力吸了一口氣。「只要你記得把電源打開就成了。這樣說好了，你有沒有看過別人用無線電操縱模型飛機？」

「是沒有啦，不過我曾經讀過這類報導。」

「好吧，那麼你可能知道，你手上得拿一個信號發射器，而飛機上裝有一個接受器。一旦你拿著發射器向右轉、向左轉或減速、加速……或者你希望模型飛機做的任何動作。」

「好啦，我知道啦。」

「嗯，這就是發射器。」亨利說道。他手裡握著那個小黑盒，上面有很多按鈕。「而在遠處的湖面上，我們在浮標上面裝了一個接受器，昨天晚上就把它裝好了。就是那個接受器把氣球外面的膠囊戳破，氣球便開始膨脹。整個情形大概就是這樣啦！」

「還有一個重點，別忘了要打開電源喔。」莫泰蒙補了一句。

「真是巧妙啊！」普特尼警長說。

「現在你就能理解，為什麼我打算要相信這些小孩了吧？」簡金斯說道。

「我也快要改變初衷了。不過，還有一件事讓我百思不得其解。我可以看見那個氣球，可是我要怎麼知道，底下的繩索末端是不是真有炸彈呢？」

「對呀，亨利，關於這點怎麼樣？」

「如果一定要的話，我們可以證明炸彈確實在那裡。」亨利說。

「你的意思是……你剛剛給我看的那些照片嗎？」簡金斯先生說。

「是啊。」

「這個嘛……假設照片裡真是氫彈好了……嗯……我怎麼知道這是在哪裡拍的?亨利，我實在無法相信你真的拍到了炸彈，因為空軍找了三天都找不到!」

「簡金斯先生，照片裡面有個東西你還沒注意到喔。」

「注意到什麼?」

「哎呀，沒關係啦!」亨利說，他的視線落在氣球上，想要掩飾他臉上浮現的笑容，那笑容充滿惡作劇的意味。「等到時機成熟，我就會告訴你。」

「為什麼現在不能說?」

「是可以啦，不過我現在不想說。我老爸常說，非到最後關頭，絕不使出王牌。他說得很對!」

「夠了啦，摩里根博士!」簡金斯笑著說:「我相信你就是了。」然後他的眉頭皺了一下。「你希望我們要求空軍派潛水人員到氣球那裡，對吧?」

「如果想要知道炸彈是否真在那兒，你能想出更好的方法嗎?」亨利說:「當然啦，假如你會潛水，我們今晚可以帶你去，那你就可以親眼瞧瞧了。」

「噢不，謝了！」簡金斯先生說道，而所有的記者都笑了，大家虧了他一下。「如果我跟你去，我敢肯定，普特尼警長一定會把我丟到監獄裡面去啦。」然後他轉身面對那群記者說：「咱們走吧，把這個訊息告訴空軍單位！我們到空軍基地去吧！」

四周響起熱烈的歡呼聲，大家魚貫走下碼頭，不過簡金斯把我們攔下：「幫矮子一個忙吧，我們乾脆在這裡來段訪問，以氣球當背景，可以嗎？」

亨利聳聳肩，看著傑夫，而傑夫也聳聳肩，看著我們其他人，於是哈蒙說：「哎喲，當然沒問題啦！我想不出還有什麼地方比這裡好。不只是這樣，我現在還是濕答答的，看起來很像是剛剛才從湖裡爬出來耶。」

「哇，一定是從很臭的水裡爬出來的吧！」莫泰蒙捏著鼻子說道。

於是我們全都留下來，當簡金斯先生對亨利和傑夫詢問一大堆蠢問題時，我們便應他的要求擺擺姿勢。他的蠢問題包括，我們到底如何發現炸彈、我們在湖上怎麼沒被警察抓到之類的廢話。其實我們也讓哈蒙上陣，給他解釋我們在鐵道與火雞山路的交叉口如何躲過兩輛巡邏車，但是等到電視上播出時，哈蒙這段被剪得一點不留，直接進廣告，後來哈蒙一想到這件事就很不爽。

等我們錄完這段訪問，其他記者全都不見了。簡金斯先生馬上意識到，他們八成是直奔西港空軍基地去採訪馬其上校，如果不馬上趕過去，他的報導就會漏掉這段訪問。

「如果你不介意，我就插個嘴，我認為馬其上校應該不會留在基地。」普特尼警長說：「我被叫到這裡來時，他正在鎮公所跟諸位議員開會呢。」

「真是多謝！」簡金斯先生說：「或許我可以搶在他們之前趕到那兒去。警長，我開車跟在你後面回鎮上去，你介不介意？」

「你不怕別人以為你被我逮捕了嗎？」

「以後總有時間洗刷這項罪名吧。嘿，矮子！趕快把器材統統裝進旅行車裡，等一下跟我在鎮公所前碰面。」然後簡金斯先生開著車，跟在普特尼警長後面先走一步，把矮子和一大堆器材留在碼頭前端不管了。

我們跨上各自的腳踏車，出發前往鎮上的廣場。我心裡有個預感，似乎有某件很刺激的事情終於要發生了，而我的夥伴們一定也都這樣想。大家死命地抓著把手，猛踩踏板，沒有人說話。

我們到達廣場時，有一輛裝滿西瓜的超大貨車停在鎮公所正對面，後面的車子塞成一團。道爾警察站在路中央跟貨車司機理論，不過他顯然佔了下風。很不巧的，貨車司機剛好是賈斯帕・歐克白，他可是長毛象瀑布鎮有名的狠角色呢。賈斯帕開了一家挺不賴的蔬菜花圃農場，位於鎮旁的白叉路上，不過他向來以出言不遜聞名。道爾警察費了九牛二虎之力想讓他明白，他不能一直擋住鎮公所前面的街口，否則後面會交通大堵塞。

「偶沒有影響交通啦！」賈斯帕說。「偶只是想等那輛車從路邊開走，那偶就可以倒車進去，在那裡卸貨。」他用手指著路邊那輛沒有熄火的車子。那輛車後面停了三輛空軍的轎車，我猜那必定是馬其上校和他的同僚開來的車子。最前面那輛顯然是馬其上校的座車，因為車前的保險桿上有塊藍色的車牌，上頭畫了一對小小的雞翅膀。

「你要卸貨？」道爾說：「你不能在這裡卸貨啊！況且鎮公所又沒人訂西瓜。賈斯帕，你到底是什麼意思？」

「你不是做西瓜生意的吧，道爾，你是在執行警察的職責啊，」賈斯帕說：「那你幹嘛要知道這麼多？」

「哼，如果你不把車子開走，我就展現警察的職責給你看！」道爾說道，他朝著貨車的車窗揮舞警棍。

「如果你真有那麼聰明，何不去把那可怕的炸彈找出來呢？那偶們住在這裡才會比較安心啊！」賈斯帕說道，他整個臉都漲紅了。

「如果我找到炸彈，一定把它丟在你家外面的車庫！」道爾說。

他們兩個還在爭吵不休，這時有個人從鎮公所跑出來，手裡拿著一個托盤，上面全是咖啡杯，然後他爬上路邊那輛沒熄火的車子，把它開走了。賈斯帕發動貨車，開始發揮高超的駕駛技術，而道爾則在他附近忙著指揮交通。

「該死，你怎麼不再往前開一點嘛？」道爾忍不住發牢騷：「前面那邊還有很多空的停車位啊。」

「偶跟你說過了，道爾，你又不是做西瓜生意的人，把你自己的事情管好就好了啦。」然後賈斯帕把貨車開進空位裡，接著再倒退一點，剛好距離馬其上校座車的車前保險桿還不到三十公分。原本有個空軍士兵坐在那輛車的駕駛座上，這時他下了車，走到賈斯帕貨車的車門旁。

「喂，老兄，你再往前開一點如何？這樣我等一下才開得出來。上校隨時都會離開這裡喔。」

「偶停這樣剛剛好啊，」賈斯帕說：「說真的啦，偶只會在這裡停一下下。喂，小弟弟，你退後一點……除非你真的那麼喜歡西瓜！」

賈斯帕說這話的時候，又踩了幾下油門，然後貨車的車斗開始向上抬起，於是堆放在最上層的西瓜便掉下來，重重摔在馬其上校座車的車蓋上。

「嘿！嘿！你這個老笨蛋，你在幹嘛？」那個空軍士兵叫道：「停下來！停下來！你把貨物倒出來了啦！」

「偶知道啊！」賈斯帕說：「你等一下，等偶把整個車斗給立起來！」

「哎喲！你剛好把貨物倒在馬其上校的車上啦！」那個空軍士兵本來衝到車門邊想把門打開，但是西瓜開始從車頂彈起來，乒乒乓乓地重重摔在人行道和街上，於是他覺得還是別打開比較好。值此之時，一大堆西瓜狂洩而下猛撞車頂，聽起來簡直像是打雷般地隆隆作響，所有人都從廣場周圍的商店和餐廳跑出來，大家都想知道是不是又發生暴動事件了。一堆小孩不知從哪裡跑出來，像是白蟻從木製品鑽出來一樣，他們在廣場上橫衝直撞到處撿拾西瓜，然後在人行道上把西瓜摔裂開來。道爾又忙著指揮交通，示意要雙向的車子全部停下來，他在路中央急得直跳腳，高舉雙手不停地揮舞警棍。

「賈斯帕，注意一下！你的西瓜全都掉光了啦！」他尖聲叫道。

「哎喲，真不好意思啊！」賈斯帕對著他吼回去。

貨車的車斗還是繼續上升，西瓜也繼續滾落，直到鎮公所前面堆了三公尺高的西瓜為止，而馬其上校的車子已經埋在西瓜堆裡看不見了。然後賈斯帕把車子向前開，讓最後幾顆西瓜慢慢掉到街上，接著開始降低車斗。那個空軍士兵站在路中央，不可置信地捂著嘴巴，還慢慢搖著頭。道爾則忙不迭地爬到貨車的腳踏板上，在賈斯帕面前用力揮動他的警棍。

「賈斯帕．歐克白，我將以毀損公物之名將你逮捕！」

「道爾，你不能逮捕偶，偶沒有弄壞任何東西啊！」賈斯帕說道，他走下貨車，還故意撥弄道爾的八字鬍。

「偶剛才說過了，偶只是要把西瓜卸下來而已嘛。」賈斯帕的臉已經不紅了，現在肯定是朱砂色。

「我警告你，你說的任何話都可能對你不利！」

「道爾，那偶也警告你，你最好不要說出什麼話讓偶抓狂，不然偶會做出什麼蠢事，連偶自己都不知道！」

「我還真怕看到賈斯帕抓狂的樣子咧。」有個旁觀者說道。

於是呢，一大群人圍攏過來聽他們吵架，而更多人在西瓜堆旁流連不去，他們用腳尖踢踢西瓜，再回頭張望一番，看起來就是想要抱顆西瓜溜之大吉的模樣。不過小孩子就沒那麼客氣了，他們抱起西瓜就跑，使盡吃奶的力氣衝到草地上，一屁股坐下來就開始大吃特吃，連耳朵都埋到西瓜裡面去了。

道爾的八字鬍上下抖動，你可以聽到他的假牙發出短促的碰撞聲，顯然他心裡打定主意要說出下面這些話：「賈斯帕·歐克白，如果你不打算進監獄，那就帶著西瓜滾出去！我告訴你，你不可以在這裡卸貨！」

「那些西瓜不是偶的啦，」賈斯帕說：「西瓜是上校的，那你叫他帶著西瓜滾出去吧！」

「你這個老頑固，你的腦袋是不是有問題啊？」那個空軍士兵說：「上校才沒有訂購西瓜，至少他不會把送貨地點說成這裡。」

「小夥子，偶沒說是他訂的。那是要送給他的禮物，完全免費！而且偶還有三到四卡車的西瓜要送給他，還沒載完哩！」

「這老傢伙是不是瘋了啊？」空軍士兵說道，他轉身看著道爾。「你看看上校的車，你看得下去嗎？」

「該死，那不是廢話嗎？」道爾說。

就在這時，普特尼警長和簡金斯先生一起走到鎮公所的台階下方，同時間還有三輛車從維西街方向衝到廣場上，那群記者剛從空軍基地趕過來，他們匆匆忙忙從車上跳下，小跑步穿越公園。普特尼警長突然站住，一腳還停在半空中，他看到那如小山一般的西瓜，不禁困惑地抓抓頭。他急忙走向道爾。

「道爾警察，這裡是怎麼回事？」

「我也搞不太清楚，長官。」道爾說。

「我來告訴你吧，」空軍士兵說道：「你看看馬其上校的車子就知道了！」

「看起來都還好嘛，」普特尼警長說：「是哪一輛？」

「這就是問題的重點了，」空軍士兵說道：「因為你根本看不到！那輛車埋在西瓜下面啦！」

「埋在西瓜下面？道爾警察！那些西瓜下面有一輛車嗎？」

「大概兩分鐘前還有吧，警長，可是我現在就不敢保證了。這真是我所看過最該死的事情了。我真不知道這個鎮還會發生什麼鬼事情咧。」

「好吧，不管怎麼樣，這堆西瓜到底在這裡幹嘛？誰把西瓜倒在這裡？」

「是賈斯帕．歐克白幹的好事。」道爾警察指著賈斯帕的貨車說道：「我跟他說過不能這樣做，可是他不管三七二十一就全部倒下來了。」

普特尼警長踱步到貨車旁，賈斯帕正在那兒把貨車的車斗給扣緊。「賈斯帕．歐克白，我想要請教你幾個問題，你要直接回答我。」警長問。

「你什麼都不用問啦！」賈斯帕說，他的臉又倏地漲得飛紅。「你想知道是誰把西瓜倒出來的，對吧？嗯，這裡有輛貨車，上面寫了偶的名字，而你知道偶是種西瓜的，況且這附近也沒看到其他貨車，至少現在沒有。今天你是所有警力的長官，而你現在絕對有最好的機會進行既徹底又精采的偵辦工作。不然偶再給你一個提示好了。偶剛剛先把車斗升起來，然後又放下去。啊！如果你仔細看看這個車斗裡面，可能會發現有一、兩個西瓜在底下壓扁了喔。」

賈斯帕長篇大論之時，普特尼警長一直呆立不動，只是以腳跟為重心，不斷前後搖晃。

「我想要問的問題不是這個。」他說道：「我只想知道，到底是為什麼？你為什麼要把整車的西瓜倒在上校的車上呢？」

賈斯帕用拇指勾住工作褲的吊帶，斜倚在他的貨車上。

「普特尼，你有沒有做過西瓜的生意？」

「見鬼了，賈斯帕，我當然沒做過西瓜生意。」

「那你完全不會了解那種感覺。偶早上四點就起床，裝滿一整卡車的西瓜，運到克林頓鎮的市場去，然後他們說，他們絕對不會買長毛象瀑布鎮種的西瓜，因為那裡種出來的所有東西都被污染了，沒有人要吃長毛象瀑布鎮種的東西。於是偶只好把西瓜全部載回來，讓長毛象瀑布鎮的人吃。偶知道你對這些事情完全不了解，因為你從來沒有賣過西瓜。好啦，不管怎樣，偶心想，如果有人應該要吃這裡的西瓜，那想必是空軍弟兄囉，因為他們對原子彈這類的事情熟悉得不得了，所以他們可能很習慣吃污染食物。所以偶想辦法把西瓜送到空軍基地去，可是他們在大門口就把偶給擋下來，於是偶帶著西瓜跑到這裡來，而偶能夠找到的唯一一個停車位，剛剛好就是馬其上校這輛騷包轎車的前面一格，偶猜它現在也剛剛好就在這堆西瓜的下面囉，什麼人趕快來找找看吧。這就是偶知道的所有狀況，包括大家關心的西瓜，就是這樣啦！還有，你應該很慶幸自己從事警察這行，不是跑去賣西瓜！」

「真是活見鬼了！你也真是有種耶。」有個記者說道：「嘿，賈斯帕！能不能請你移駕到西瓜山前面來，讓我們拍幾張照片吧！」

接下來的場面由那群記者接手，普特尼警長有好一陣子無法控制局面。一大堆問題如雨點般灑到賈斯帕身上，速度之快讓他無從招架，結果他連一個問題都答不出來，而那些攝影記者幾乎是暴力相向，想盡辦法把他推到西瓜山頂上去，好讓他們拍些照片。這整個騷動事件迫使鎮公所裡的會議不得不中斷，馬其上校由幾位空軍軍官陪同，走到台階下面來。

「喂！上校！你不介意到西瓜堆前面來擺個姿勢，讓我們拍幾張照片吧！」有個攝影記者對著他大叫。

「為什麼要拍照？天哪，這是什麼？我的司機到哪裡去了？啊，我的車子怎麼了？」上校問道。

「上校啊，你的車被埋在西瓜堆下面了啦。」有個記者說：「某個怪人把他載來的西瓜倒出來，剛好就倒在你車上了。他還大聲嚷嚷，說什麼因為西瓜受到污染，全都賣不出去，所以他索性把西瓜全都送給你了。馬其上校，你是不是打算發表一點看法？」

「各位先生，請稍等一下，」葛拉罕中尉說道，他從那幾個軍官裡面走出來。「等到我們查明所有的真相，上校就會立刻向大家發表談話。」

然後他把上校護送到旁邊，他們在那裡商議了一番，隨後示意要普特尼警長加入他們的談話。過了一會兒，普特尼警長又招手叫道爾過去，道爾比手畫腳地描述剛才發生的狀況，一旦普特尼警長補充幾個重點，他就忙不迭地點頭，八字鬍上下抖個不停。上校不時回頭望著西瓜堆，一副不可置信的樣子，緩緩地搖著頭。然後他與葛拉罕中尉低聲討論，只看他點了好幾次頭。

「各位先生，」上校回到記者群裡說道：「我已經了解，本地有位鎮民送了一些禮物給我，顯然數量相當可觀。」

人群中爆出一陣狂笑聲，記者附近擠了一大堆圍觀的群眾，大家開始講些風涼話：「嘿，上校，再講一次嘛！」還有「像你有這樣的朋友，誰還需要敵人呢？」還有「喂，上校，你確定那些西瓜不是從飛機上投下來的嗎？」

「我同時也了解，送這些西瓜給我的那位先生，他非常擔心農作物可能受到污染。我們已經盡了非常大的努力，但是情勢到現在還沒有脫離危險狀態。我們尚未發現炸彈，而除非我們找到炸彈，並且將它移到各位的社區之外，否則我知道，在座有許多人晚上睡不好，白天也非常焦慮。」

當上校提到「污染」這個字眼時，許多人本來用外套之類的東西在身上藏了一顆西瓜，這時候紛紛讓西瓜滑落地上，每個人都以為沒人會看到。剛剛那群小孩正盤腿坐在樹下，稀哩呼嚕地比賽誰吃得快，於是有個人走過去，想要把小孩手上的西瓜拿走。他的雞婆只為他惹來高聲咒罵和滿身口水，外加扔到他耳朵後面的一片西瓜。

「我必須重新強調一次，」上校繼續說道：「到目前為止，完全沒有證據顯示這個地區有放射性污染的情形。大家可以放心，各位的飲水絕對安全，本地生產的水果和蔬菜也可以安心食用，更請大家不要輕易相信負面的謠言。同時，我們正持續盡最大的努力尋找遺失的戰略武器，並希望盡早將它移除。現在，我再重複說一次，請大家不要散佈謠言……雖然我也常會忍不住啦。」

隨後上校拿出一把摺疊刀，再撿起放眼所及最碩大、最熟透的西瓜。刀子輕彈出鞘，上校便動手將西瓜切成許多塊。他從中間切下一大片汁液豐美的西瓜，馬上啃咬起來，那模樣像是在吹奏口琴似的。

「哎呀！好好吃喔！」他說。

這時閃光燈此起彼落，攝影記者開始狂拍照片。上校走到他手下軍官那裡，開始分切西瓜給他們吃。葛拉罕中尉立刻咬了一大口，他表示上校說得沒錯，西瓜真是好吃極了，可是有幾位軍官表情扭曲，面面相覷，看起來並不是完全贊同的樣子。

「拿一塊嘛！」上校說：「真的很好吃啦！」

那些軍官必須在「可能死掉」和「違抗上校」之間做抉擇，結果他們全部選擇死掉，接過上校遞來的一大片西瓜，猛地一口咬下去。

群眾之中有人開始鼓掌，喝采聲此起彼落。馬其上校又拿起一個西瓜剖開來，切成一塊塊，分送給記者和圍觀的人群，群眾裡有幾個人也從口袋裡掏出小刀。過不了多久，所有人要不是忙著切西瓜，就是使勁地把西瓜搬回家去。費迪和丁奇完全沒有浪費時間，馬上拿到他們的戰利品，而我們其他人則沒興致在那種時候大啖西瓜。我們倒是比較想知道，簡金斯先生是否會拉住馬其上校，出奇不意地把那個大問題丟給他。因此，我們就只是站在附近，眼看著西瓜堆慢慢消失不見，到最後車子終於重見天日。我們不得不佩服，上校這一招實在漂亮。

上校的半邊臉都埋到一大塊西瓜裡面去了，那群攝影記者還忙著獵取鏡頭，而簡金斯先生和其他記者則開始輪番砲轟他。

「上校，炸彈方面有沒有任何進展啊？」

「上校，我們可不可以引述你剛才的談話內容，就是這地區沒有危險的放射性物質那部分？而你真的確定嗎？」

「上校，你真的確定炸彈不可能掉在湖裡嗎？」

「上校，可否請你談談即將要進行的計畫？搜索工作主要在哪裡進行？」

上校態度溫和地揮揮手，要大家別再問了，隨後拉出手帕擦擦嘴巴，說道：「各位先生，我很希望能夠幫大家的忙，但事實上，目前我確實沒有新的消息可以提供給各位。」

「那麼，或許我們有些消息可以提供給你喲，上校。」簡金斯先生說道：「目前有足夠的理由相信，炸彈已經找到了！」

「我可以向各位保證，我們尚未找到炸彈。」

「我們知道你們還沒找到，上校。」那個總是把外套掛在手上的記者說：

「不過有人說，炸彈已經現身了。不只如此，我們還知道炸彈在哪裡！」

「你們知道它在哪裡？」

「這樣說好了，我們認為，我們知道它在哪裡。」簡金斯先生謹慎地說道：「上校，這是最後一次要求，我們希望你能夠公開說明，這些小孩是否所言不假？」

「你到底在說什麼啊？什麼小孩？喔，就是昨天在這裡拿著地圖的年輕人，對吧？」

「沒錯！」

「我先前說過，我們已經徹底搜索那個湖區，因此不會再有補充說明。」

「唔，上校，且慢。」另一個記者說道，他把嘴裡的大雪茄換了個位置。

「我們剛剛在湖面上看到一個巨大的橘色氣球，在它周圍一公里的範圍內沒有任何人喔，不過它就這樣突然出現了。是這個小孩讓它憑空冒出來的，他用了不知什麼無線電玩意，還耍了一堆花招。這小孩宣稱，那個汽球就固定在炸彈所在的位置噢。今天早上看過那場面以後，除非你能證明他是錯的，不然我會相信他說的話。也就是說啊，上校，如果你不好好進行調查，我們報社就會刊出詳細的報導，主要是關於這些小孩如何找到炸彈的位置，而空軍方面又是如何拒絕調查。」

「慢著、慢著！」葛拉罕中尉忙著解釋：「上校並不是這樣說的啦！」

「咦，我聽到的就是這樣啊，」那記者說道：「我才不管他用了什麼樣的措辭呢。」

「那個橘色大氣球是怎麼回事？」上校問道。

「你自己去湖邊親眼瞧瞧，」那個記者說：「它還在那裡喔。」

「你們是在開我玩笑嗎？」上校問道：「草莓湖列為禁區已經有三天之久，怎麼可能有人到湖面上綁個氣球呢？」

「我不曉得他們是怎麼辦到的，也不知道他們到底什麼時候搞的鬼，」記者說：「不過，現在湖面上確實有氣球，而且這些小孩說，如果你派幾個潛水人員潛到下面繩索的末端，就會發現炸彈。上校，你現在打算怎麼辦？」

「這個嘛……」上校說：「我還沒親眼看到氣球，不過我相信你說的話，就算它在那裡好了，可是那也不能證明任何事情。除非有人拿出證據給我看，而且那證據值得我們再度派出潛水人員，否則我不打算展開任何行動。」

「非常感謝各位先生，」葛拉罕中尉適時介入這場僵局：「請各位隨時與我的辦公室保持聯絡，如果情勢有任何新發展，我們會盡快通知各位。」

那群記者議論紛紛，而葛拉罕中尉隨即護著馬其上校走向他的座車。攝影師矮子本來想要搶個好位子，拍攝上校進入座車的畫面，但他踩到一塊多汁的西瓜皮而滑倒，結果右耳著地，整個人平趴在地上。就在這時，亨利拉住簡金斯先生的手肘，從襯衫裡拿出照片。

「中尉請留步，」簡金斯先生說：「我這兒有樣東西，上校實在應該看一看。」然後他從亨利手上接過照片，把它塞到上校面前。

「那是什麼?」上校問道。

「啊，我還指望你能告訴我呢，上校。那是氫彈嗎?」

「看起來挺像……可是，」上校語氣有點遲疑：「這照片實在有點暗。」

「它是在水裡拍的。」簡金斯先生向他解釋。

「這張照片事屬機密！」葛拉罕中尉回頭瞥了上校一眼說道：「你在哪裡拍到的？」

「那不重要。這是氫彈嗎？」

另外有好幾個記者瞄到上校面前的照片，每個人都驚訝得面面相覷。

「這個嘛，簡金斯先生，」上校緩緩說：「如果照片拍的不是氫彈，那我得要說，仿造的功夫真好。不過我很想知道，你從哪裡取得這張相片？」

「我無法回答這個問題，上校。不過有人告訴我，這張照片是昨天晚上在草莓湖裡拍到的。」

上校輕蔑地笑出聲，他身邊的幾個軍官則是忍不住放聲大笑。

「你要我相信這種謊話？簡金斯先生，你該不會是認真的吧？我不知道你從哪裡找來這張照片，不過它看起來很像是個核子武器……而且就像葛拉罕中尉說的，它還可能是高度機密呢！我想啊，你應該把照片交給我們工作人員，讓他們好好調查一番，以便確認它來自何方！」

葛拉罕中尉伸手要拿照片，可是簡金斯先生把手縮回去，讓他拿不到。

「還不到時候呢，中尉。這張照片還不能給你！」簡金斯先生說。

「簡金斯先生，坦白說，我覺得有人在扯你後腿。」上校說：「那張照片說不定是從某本空軍手冊翻拍下來的，如果你把它交給葛拉罕中尉，我們會試著找出照片的出處。我猜你也是受害者，一定是有人意圖散佈消息，說這張照片就是此次遺失的炸彈。這真是非常巧妙的噱頭，但是我們沒時間應付這種噱頭。我們手上的問題非常棘手，需要全神貫注才能解決。」

「上校，可以麻煩你再說一次嗎？」好幾個記者問道。「上校，我們可以把這段話錄起來嗎？」又有其他人說。突然間有四支麥克風伸到上校面前。

正當這番場景上演時，簡金斯先生覺得又有人拉他的袖子，他定睛一看，原來是亨利拿了一支小型放大鏡塞給他。

「簡金斯先生，我跟你說過，照片上有個東西你還沒注意到喔。」亨利說：「就在我指的地方，仔細看看吧。」

簡金斯先生用放大鏡瞇著眼睛仔細看，然後他一掃先前的陰霾。「看起來像是某種數字耶，」他說：「而且還有一整排又臭又長的字呢！哈哈哈，亨利，這就是你的王牌嗎？」

「如果你很想看他們翻白眼的樣子，就叫上校把數字唸出來吧。而假使情況跟我想的一樣，他唸出了一長串數字，那麼你就買漢堡請我們這夥人吃，如何？我們都快餓死了！」

「你說了算！」簡金斯先生說。於是他快步走過去，一堆記者那兒正在錄馬其上校的談話。「馬其上校，長官！在你繼續錄談話之前，我想你應該更仔細看看這張照片。」他看著葛拉罕中尉，開心地咧嘴笑著說：「我只是覺得，如果上校還沒檢視所有的證據就先發表談話，對他來說並不是很公平。」

葛拉罕中尉點點頭，看起來有點心虛的樣子，可是上校對於簡金斯先生突然插嘴感到有點不耐煩，他被簡金斯先生給惹火了。

「又怎麼了？」他很簡短地問道。

「我只是覺得，你應該更仔細地看看這張照片……用這個看。」他把照片舉高，用手指著它。

上校拿著放大鏡，瞇起一隻眼睛仔細地瞧，然後他抬起頭來看著簡金斯先生，然後他用另一隻眼睛凝視放大鏡。然後他又抬起頭來，眼神迷濛。

「李察森！」他大吼：「你過來看看這張照片！」

一個神情緊張的少校快步向前走來，仔細端詳那張照片，特別是上校用手指的地方。

「那個編號是我們正在尋找的武器嗎？或者不是？」

少校急急忙忙從胸前的口袋抽出一本小筆記本，一頁頁翻開查看。然後他又仔細地審視照片。

「我不知道這是怎麼回事，」他說：「我不知道這到底是怎麼回事。不可能啊！」

「喂，數字對嗎？或者不對？」

「是對的！」少校點點頭說道：「可是我不明白這到底怎麼回事。怎麼可能有人拍到這張照片？」

「看來，我們不明白的事情可多著呢！」上校說道。「簡金斯先生！我看啊，你要解釋的事情可多了。我再問你一次：你從哪裡弄到這張照片？」

「我跟你說過了，無可奉告。」簡金斯先生說。

「上校，原諒我插個嘴。」嘴裡叼著大雪茄的記者說道，他邊說邊為相機裝上廣角鏡頭，以便讓上校和簡金斯先生一同入鏡。「在我看來，還有很多事要解釋的人，恐怕是上校你才對啊。現在呢……」

「底片在哪裡？」名叫李察森的少校提出要求：「你剛說，它是昨晚在湖裡拍的。底片一定在某人手上，而我要求你把它交出來。這是軍事機密！」

「慢著，老兄，」大雪茄記者說道，他用手指戳戳少校的鼻子下面：「我認為，我正向上校提出一個非常重要的問題，而你打斷我的問題了。現在呢，你最好退後一點，不要插手，讓我把問題問完！」

「葛拉罕中尉，我想情況有點失控了。」上校說。

「是的，長官！」中尉表示同意。

「現在呢，如同我剛剛所說，」大雪茄記者繼續說：「上校，我想你們才是需要把事情解釋清楚的人，因為他們早在昨天早上就已經知道炸彈的位置了。不過我得先承認，昨天我也不相信他們說的話，可是今天早上我看到那個橘色的大氣球，它不知從哪裡突然冒出來，加上我現在又看到炸彈的照片，結果你們的軍官也承認序號是正確的。然而，你們似乎只擔心照片的來源哪。上校，請聽我良心的建議，如果你希望你的鼻子會用印刷油墨印在全國的報紙上，你就只管在這裡不斷騷擾簡金斯先生，問他照片到底從哪裡來的吧。不過有件事你可能會很感興趣，我的編輯並沒有對這張照片嗤之以鼻喔，而他更想知道的是：你到底打算要如何處理那顆炸彈呢?所以啊，我認為你應該用不到二十五個字的句子告訴我們，你當前的計畫到底是什麼！」

「我們要立刻派遣潛水人員，到達氣球繫縛的地方去！」上校說道，他以憤怒的眼神緊緊盯著李察森少校。

「上校，所謂的『立刻』是指什麼時候啊?」

「今天下午！」

「謝謝您，上校。我想我現在可以發稿了。」

大雪茄記者轉身走開，其他那些記者則揚起一陣歡呼聲，當然那一大堆旁觀者也是囉，他們吃完西瓜大餐之後都還沒走開呢。

「麥克！多謝你的幫忙！」簡金斯先生對大雪茄先生說：「上校根本是要讓我難堪，而我是不想逼他逼得太緊啦。」

「不客氣，杰克！要我對他們逼緊一點，我是不介意啦，有時候得挫挫他們的銳氣才行。」

「喂，麥克，順便問一下，你見過『摩里根教授』嗎？哈囉，亨利！這位是厄爾．麥克康柏，他正在幫美聯社跑這條新聞。」

「教授？我以為是摩里根博士哩！我得趕緊跟辦公室做個更正才行囉。」麥克康柏先生一邊說著，一邊忍不住捧腹大笑。「小弟弟，很榮幸有機會認識你。」然後他用巨大的手掌握著亨利那瘦骨嶙峋的手，而亨利稍微屈膝，以他那尖細的聲音說道：「先生，我也很高興能夠認識您！」

「小弟弟，你們這群小子搞了一場很盛大的表演喔！」麥克康柏先生繼續說道：「不過，現在到了說實話的時候。我們馬上就會知道，你們到底是不是在扯我們後腿。」他隨即昂首闊步穿過公園，走向布里斯托旅館，準備打電話報告他的報導內容。

危機四伏

等麥克康柏先生一離開，簡金斯先生便趕緊逮住上校，要求他在電視攝影機前面重申他的立場，而其他記者也拿著錄音機跑過來湊熱鬧。這時候，廣場上的群眾早已消失無蹤，大家要不是趕快衝回家，就是以最快的速度找支電話，分頭立刻把最新消息傳佈出去。廣場上只剩下一小群消防隊員，道爾警察把他們從消防隊叫來，請他們用水管沖洗人行道，將先前遭逢西瓜大浩劫而髒亂不堪的地方給清潔乾淨。

哈蒙想讓消防隊員的工作盡可能輕鬆愉快，於是他夥同另外兩個朋友，帶頭玩起丟西瓜的遊戲，到最後竟然聚集了一整群人。他們在幾棵樹之間藏來躲去，彼此互丟又大又多汁的西瓜皮，看誰先用一大塊西瓜皮把消防隊員的安全帽給K下來。最先K到的人是史東尼．馬汀，他一看到安全帽掉到地上，忍不住像土狼一樣開始放聲嚎笑，完全忘了要隨時注意四周的攻勢。兩個消防隊員舉起高壓水柱對準他猛射，射得他癱平在草地上爬不起來。

史東尼掙扎著跪起身子，像是在拳擊場上被擊成半倒般喘著氣。他和他的朋友離開廣場時，活脫脫像是兩隻嚇破膽的小兔子。

「他們就是找到炸彈的那些小孩嗎？」馬其上校問道。

「我不認識他們，上校。我沒看過那些小孩。」簡金斯先生說。

哈蒙閒閒地晃回我們這兒來，兩手的大拇指插在褲子口袋裡，臉上露出大大的、愚蠢的笑容。

「你給我滾出這裡，哈蒙！」傑夫咬牙切齒地說：「再也不准回來！」

哈蒙的笑容從臉上逐漸消散。他開始破口大罵，而且從口袋裡抽出雙手，握緊拳頭。不過他一看見傑夫眼裡的怒火，便馬上把手放回口袋裡，一臉滿足於鮮豔多汁的覆盆子的模樣，再朝我的手臂丟了一把西瓜子。然後他轉身走開，踩著蹣跚的步伐走向維西街。而他居然再也沒有回來了呢，只是我們有時會想起這個麻煩人物。

馬其上校正打算走到停車處。當他走到傑夫和亨利面前，突然停下腳步。

「李察森，你也知道……有件事我真是百思不得其解。」馬其上校對著一直走在他身後的少校說道：「你很肯定地說，我們的潛水人員把整個湖床都找遍了，也沿著航道全部搜索過……我猜想，他們應該都是專業的潛水人員吧。假設這些小孩真的找到炸彈，那他們到底是怎麼辦到的？我實在無法想像。你的潛水人員怎麼可能找不到呢？」

少校大大地吸了一口氣。

「報告上校，那個區域非常非常深！可能有六十公尺深！」少校回答。

「我才不管那裡有多深。重點是，他們到底有沒有搜索那附近的湖床？」

「炸彈並不是掉在湖床上，長官。」傑夫說道：「它掉在一個洞穴裡。」

「在洞穴裡？」

「沒錯，長官！」

「你知道的，長官。」亨利向他解釋：「湖底有道山脊，剛好從半島岬往湖心方向伸去。這道山脊並不寬，不過它朝向湖心伸出一段距離，大約有三百公尺長吧，而山脊距離水面的深度大概只有九公尺深。也就是在這裡，磁力計的指針在此處的磁場中發生了大幅偏轉的情形，於是我們就在山脊的南面斜坡下方大約六公尺深處，發現了那個洞穴。」

「剛開始看不到洞穴，」傑夫補充說道：「因為洞口覆滿了長長的水草。不過，如果你的潛水人員沿著氣球下方的繩索潛入水中，他們必定會在洞口找到我的船錨。」

「還有，要小心附近有很多鱒魚喔！」費迪說道：「查理說，那裡有個真正的大傢伙呢。」

上校面露微笑。但隨後又轉為嚴肅的表情。

「你們這些小孩竟然做了這麼多事，可是你們到底是怎麼到湖面上去的啊？這真的是你們的傑作嗎？」

「那是最高機密！」莫泰蒙立刻接口，連李察森少校都忍不住笑出來。

「嗯，各位先生，我稍後再與你們討論這件事。」上校說道，他的神情又轉為嚴肅。「我們現在有很多事要做呢。」然後他走向座車。

還有幾個記者在附近徘徊，上校打算坐進車子裡，可是那些記者仍然纏著他不放。記者們想知道，他們是否可以跟潛水人員一起潛到水面下，在旁邊觀看整個打撈作業。但上校只是一個勁兒地猛揮手。

「當然不行！」他說：「不僅因為那是一件機密裝置，而且如果有任何民眾在過程中受了傷，我實在沒辦法負起這樣的責任。實在太危險了。」

「上校，你的意思是說，那東西可能會爆炸囉？」

「上校並沒有這樣說啊！」葛拉罕中尉插嘴說道。

「平時執行飛行訓練時，這些武器並不會啟動武力裝置。」上校向大家解釋：「只有當國家發生緊急情況，還有實際出動戰略任務時，武力裝置才會啟動……即便如此，也要等飛機抵達目標區才會啟動。我想我已經解釋得夠清楚了。此外，這些武器還裝有傳統炸藥，用來引爆核子裝置。我最擔心的便是那些傳統炸藥，因為要處理這類軍械裝備時，再多的預防措施永遠都嫌不夠。」

「對各位來說，這樣的解釋應該夠清楚了吧？」葛拉罕中尉問道。

雖然還是有人咕噥了幾聲，不過多數記者都點點頭。於是那三輛軍車趕緊從路邊開走，輪胎還因高速而發出吱吱聲。街上留有幾片滑滑黏黏的西瓜皮，馬其上校的座車看起來也是很濕、很黏的樣子；我心想，反正等車子回到空軍基地，想必會好好清洗一番才是。

等那幾輛車子駛離視線，亨利抬頭看看簡金斯先生，於是簡金斯先生開始計算人頭。「我欠你們每個人一個漢堡吧。我看看啊……四，六，七。咦，我以為你們有八個人耶。那個摔進湖裡的小子怎麼了？」

「他再也沒浮起來了。」費迪說。

「啊？怎麼會呢？我看到有人幫他爬上碼頭啊。」

「噢，你說那個小子啊，」費迪說：「他再也不是我們的會員了。他實在是個超級大嘴巴，所以我們投票決定，他根本不配當個科學家。」

「他簡直讓我們俱樂部蒙羞。」丁奇說。

「好啦，好啦！你們說的就算，我只是要確定沒有算錯人數。好吧！請各位帶路，你們一定知道哪裡是鎮上最棒的餐廳。」

於是我們浩浩蕩蕩穿過廣場，走進布里斯托旅館內的「老牛餐館」。

布里斯托旅館曾經是個相當高檔的地方，許多商人和旅客都喜歡造訪這裡，他們往往搭火車到長毛象瀑布鎮來，通常在這裡住一夜，隔天再搭火車離開。可是到了現在，旅館變得既老舊又破敗，很少有人再到長毛象瀑布鎮來過夜了。布里斯托旅館和鎮上的其他兩家小旅館都一樣，大多數的房間已經關閉停業，除非鎮上發生了驚天動地的大事件，例如空軍空投炸彈之類的怪事。許多餐館也面臨同樣的慘況。

以前布里斯托旅館有個豪華的餐廳，天花板裝飾了巨大的水晶吊燈，桌上有餐巾、白色的錦緞桌布，椅子套上紅色的天鵝絨布，地上鋪有八公分厚的東方地毯，牆上鑲著美麗的象牙白色嵌板，上頭還妝點了金色的葉子；而天花板則漆成淺淺的藍綠色，上面更畫了許多天真無邪的可愛小孩，四周飛繞著小天使……一大堆這類的豪華裝飾。

我爺爺以前曾經跟我說過這個餐廳的點點滴滴，到現在接待處後面的牆上還掛著許多以前拍的照片。爺爺說，一旦有機會到那裡用餐，每個人都會盛裝出席，而你會有種錯覺，以為自己身在某個美麗的古老宮廷，身邊有許多僕役環繞，而你彷彿就是這裡的主人。

如今，這裡已經變成一間會議室，大約每個月使用兩次，舉辦募款餐會、獅子會和母姊會之類的活動。牆壁早已用某種閃閃發亮的牆板包覆住，天花板本來裝設吊燈的地方則以螢光光束代替，地板則鋪上亞麻油布，而房間的一端有個光禿禿的舞台，兩邊角落伸出兩個大喇叭，它們是演講時的播音系統。

經營布里斯托旅館的普理查老先生說，這間餐廳已經不賺錢了，而且看起來情況並不會好轉，除非能夠跟上時代變化的腳步。老舊的「長毛象瀑布鎮驛旅」就是個好例子，它原本比布里斯托旅館的規模更大、更豪華，房子本身是美麗且雄偉的花崗岩建築，門前有整排大理石柱和氣派的圓型車道，賓客可以駕著四輪馬車直抵大門，馬兒也有栓馬柱可以歇息。可是，等到再也沒人駕駛四輪馬車之後，「長毛象瀑布鎮驛旅」便由拆除大隊完全消滅，而這已經是我出生之前的事了。它原本佇立的那個街角，這會兒變成一座加油站，老是把鎮上廣場弄得臭氣沖天。然而，普理查先生一定會說：「那是必然的發展！」就算是吧！不然你比較想聞哪一種味道？是汽油味，還是馬兒的便便味？

儘管長毛象瀑布鎮近年來風光不再，但鎮上還是有些好東西留下來，布里斯托旅館的老牛餐館便是其中之一。老牛餐館的漢堡價格雖然比右手邊的「傑克好手」稍微貴一點，可是老牛的漢堡大得多，而且還額外放了些酸菜，還有一片萵苣。我是從來不吃萵苣，不過它鋪在盤子裡實在賞心悅目，而且老牛用的是真正的陶盤，不像在傑克只用一塊厚紙板墊著。還有，在老牛有大大的餐巾紙可以用，而不是薄薄的一小張。我想，幾乎每個人都會這樣說，布里斯托的漢堡絕對是鎮上的第一名。不過，在傑克好手可以吃到最棒的鬆餅就是了。

我們浩浩蕩蕩地走進去，一眼就看到麥克康柏先生一個人坐在雅座裡，啜飲著咖啡。簡金斯先生請服務生拉張桌子放在雅座旁邊，我們就可以全部擠進去跟他坐在一起，而丁奇當然就坐在桌子末端靠走道那邊，結果只要一有人走過，不是撞到他坐的椅子，就是不小心用手肘打到他的頭。

「各位小朋友，你們要點什麼樣的漢堡啊？」服務生還沒等我們想好就開始問了。

「我不要吃漢堡，」費迪說：「我只要吃鮪魚花生醬三明治，噢，再加上一杯檸檬汽水好了。」

服務生的臉有點綠，不過還是把它記在單子上，嘴裡喃喃唸道：「我得查查看。我不知道菜單上面有沒有這個。」

「還有，請給我一點鹽巴好嗎？」費迪說。

服務生伸手越過每個人的頭頂，把鹽罐送到他面前。當其他人陸陸續續點菜時，費迪便從襯衫裡掏出一大片西瓜，在上頭隨意灑點鹽巴就開始大快朵頤。他的樣子活像是一整天都沒吃東西似的。

「來張餐巾紙吧！」費迪跟服務生說，順便舔舔他的手腕內側，有些西瓜汁順著手腕流淌下來。

服務生不可置信地看著他，那眼神彷彿他是某種可怕的蟲子似的，不過服務生還是從桌上的紙巾盒抽出兩張紙巾遞給他。麥克康柏先生安靜地坐著，默默攪動他的咖啡，他看著費迪狼吞虎嚥鑽到西瓜裡的模樣，卻只是慢慢地左右搖晃他的腦袋。

「哇，這種場面可真是親眼看見才會相信哪！」他對簡金斯先生說，並朝向費迪的方向搖頭示意。「我好像聽到他點鮪魚花生醬三明治，是真的嗎？」

「我聽到的也是這樣，」簡金斯先生說：「哎呀，隨便聽聽就算了啦。」

「說得也是！如果我把這些小孩寫成新聞交回辦公室，他們一定不會相信的。他們會認為全是我自己掰出來的。」

「說不定還會面臨炒魷魚的命運，」簡金斯附和道：「要記得，絕對不能把你看到和聽到的每件事都寫出來。」

「對了，我聽說上校真的逮到一些傢伙，他們想偷偷溜進去觀看潛水作業，是真的嗎？」

「是啊，沒錯。結果他們只討到一頓好罵，八成是再聽一遍原子彈會如何炸開之類的事情吧。」

「唉，那些人還真是笨哪！」麥克康柏先生說道：「你總該知道何時可以把鼻子湊上去，而何時又不該哪。何必拿你自己的鼻子去撞牆呢？我想，他們只是讓自己白白登上那個中尉的黑名單罷了。」

「是喔，我怎麼想不到呢？」簡金斯先生揶揄他。

「聽我的就對了。你看看我的狀況吧，我跑到一條新聞，而且已經打電話回報了。但那些人只得到一句超級愚蠢的『不行』，而且還讓自己名登笨蛋之林。我就說嘛，你得知道何時才能把鼻子湊上去！」

「好啦！」簡金斯先生大笑：「不管怎樣，等到他們把炸彈撈上來，我自己也很想親眼瞧瞧，畢竟這是整個郡期盼已久的大新聞嘛！」

「哇哈哈，是啦，哈哈！」麥克康柏先生也笑了：「你親眼看到打撈作業的機會，大概跟小豬待在屠宰場裡的機會一樣多吧。唉，你還不如乖乖待在這裡，跟我們其他人一起等，看看空軍何時會宣佈訊息說：『各位看哪！我們找到了。而大家如果能夠謹守秩序，我們便允許各位從三百公尺之外的距離拍些照片！』所以你不如放輕鬆一點，就當作好好享受這次旅行吧。你瞧瞧，你可以領津貼，你已經超過二十一歲了，而且老婆又覺得你正在辛苦工作……有什麼好擔心的呢？」

「你很想看到他們把炸彈撈起來的那一刻嗎？」亨利問道，他的聲音小得像蚊子叫。這時候，服務生拿著一公尺長的盤子，上面放著滿滿的漢堡出現了。

麥克康柏先生和簡金斯先生都看著亨利。

「噢，真是抱歉，『教授』，」麥克康柏先生說，他還從椅子上微微起身致意：「我差點忘記你也在這裡哪。」

「沒關係啦，」亨利說：「我只是想提醒你，假如你真想看他們如何打撈炸彈，根本不需要得到馬其上校的允許喔。」

「亨利，你的意思是？」簡金斯先生說，他和麥克康柏先生彼此交換了一個眼神。「你的袖子裡是不是還藏有別種魔術啊？」

「才不需要用到魔術呢，」亨利說：「只需要用大腦就夠了。也就是說，如果你有必要的裝備就行。」

麥克康柏先生被嘴裡的咖啡給嗆到了，咳得說不出話來，而且他整張臉漲得通紅，因為要拼命忍住不笑出來。

「噢，真是抱歉，我不是那個意思啦。」亨利很快地說：「我的意思是說，嗯，矮子先生有支望遠鏡頭，對吧？」

麥克康柏先生又嗆到了，而這回他把咖啡噴出來，面前的桌上噴得到處都是。簡金斯先生趕緊幫他拍拍背。

「矮子先生！你這樣稱呼未免太嚴肅了一點吧！」他嗆得幾乎講不出話來，結結巴巴地說道：「哎喲，摩里根教授，你真是個怪人噯。不要這麼見外嘛，我們其他人都只是叫他矮子博士啦！」然後麥克康柏先生又大吼一聲，他激動地用力拍打桌子，眼淚從臉頰汨汨流下。他笑得實在太誇張了，這時亨利的臉又稍稍泛紅。

「是啊，矮子有很多鏡頭，」簡金斯說：「就看你想要用哪支鏡頭拍。」

「他要用最長的鏡頭。」亨利說：「對了，有沒有錄音座和監視螢幕？」

「沒有，我們通常只是在現場把畫面拍下來，然後回到攝影棚才重新看一次。亨利，你有什麼想法？如果真的需要這些儀器，我可以叫『我看電視台』把它們送到這裡來。不過我想，最快大概要到今天晚上才能送到喔。」

「還有個更好的辦法，」亨利說：「克林頓鎮有個電視台，就是『我眼電

視台』。我敢打賭，如果你答應送他們一捲拍好的拷貝，他們一定肯把錄音座和監視螢幕借給你。你開車過去，再回到這裡來，要不了一小時。」

「噢，我認識『我眼』的人，」簡金斯先生說：「他們幫我把拍好的東西傳送回『我看』。那麼，我答應要給他們的帶子，到底會拍些什麼東西呢？」

「當然是打撈作業的整個過程囉。」亨利說：「其實沒什麼啦，草莓湖西邊有很多小丘陵，那上面的視野非常好，你可以清楚看到他們準備要潛水的區域。舉例來說，廢棄鋅礦場的位置就不錯，你們可以從大型碎石機四周的狹窄通道爬上去，礦場以前用這台機器把礦石全部壓碎。然後你可以在上面架好望遠鏡頭，整個過程看起來就變得很近嘍。沒有人會發現你們的蹤影，而且上面位置很高，你們也不必擔心會被警察的巡邏車發現。」

簡金斯先生的眼睛開始閃耀光芒。「喂，亨利，這真是當頭棒喝啊！我怎麼沒想到呢？不過，為什麼要帶著錄音座和電視監視器啊？」

「這個嘛，」亨利說，他的臉又略略泛紅了，然後他伸手推推盤子裡的萵苣葉。「我是這樣想啦，既然我提了這個點子，如果我們全都可以跟去是最好啦……而且假如把矮子的攝影機裝到錄音座上，再連接監視螢幕……那我們就可以坐在山上觀看全程經過……就像是看電視轉播一樣囉！」

這時候有個微弱的撲通聲，然後杯子裡發出窸窸簌簌的聲音，原來是麥克康柏先生的雪茄掉進咖啡杯裡了。他的下巴已經整個掉下來，坐在椅子上瞪著亨利。然後他看看簡金斯先生。

「傑克，這小孩是玩真的嗎？」他說：「我對你們之間的遊戲模式實在不夠了解，所以不曉得他對自己有多少把握。不過就我聽來，這個計畫很棒耶！真的可行嗎？」

「當然可行囉，這種事每天都在做嘛，轉播美式足球賽就是用這種方法，還有其他的現場轉播也都是這樣做。為什麼我不是自己想到的呢？對了，只有一個問題要解決，電池一定要足夠才行，打撈作業必定會持續整個下午。」

「電池的問題倒是不必擔心，」亨利說：「傑夫的爸爸有一台三千瓦的發電機，就是那種軍隊的剩餘物資。這樣一來，電力就足夠了，對吧？」

「哇，那遠超過我們所需。我們可以借用嗎？」

「你還得借一輛吉普車來拖動它。」傑夫說：「不管怎麼樣，一定要有吉普車，不然光用你自己那輛旅行車，是絕對到不了鋅礦場那裡的。」

「你們這些小傢伙還真是一座寶庫呢，」麥克康柏先生說：「你們有沒有缺什麼東西啊？」

「缺食物，」費迪趕緊說：「昨天我幾乎沒吃東西，只吃了香蕉而已。」

麥克康柏先生又讓咖啡給嗆到了。「這樣好了，」他說：「如果真的能到那裡觀看整個過程，我就買汽水跟漢堡給你們當午餐。」

大家不禁歡呼大喊「好耶！」還有「我們當然要買囉！」之類的話。這時麥克康柏先生又差點被咖啡嗆到，丁奇便興奮地用力捶他的背。簡金斯先生笑著搖搖頭，他看著桌旁的費迪。

「你昨天午餐和晚餐真的都沒吃嗎？我實在不太相信！」簡金斯先生問。

「啊，那不算啦！」費迪說：「正餐之間額外吃的東西才讓我有飽足感。我媽常說，假如你想當科學家，就要吃營養一點，這樣才有強壯的身體。」

「我實在搞不懂，當科學家有那麼重要嗎？」簡金斯先生說。

「我也搞不懂。」費迪說：「不過，吃東西那部分，我是覺得很有道理。」

「費迪，你知道我有什麼感想嗎?我覺得如果沒有你，這整件事就不會那麼有趣了！」簡金斯先生說完便站起身，揮揮手要服務生拿帳單過來。

兩小時之後，我們一行人全都用力推著吉普車；爬上最後這一段陡坡，才能到達廢棄鋅礦場的碎石機。除了傑夫負責握方向盤外，我們全部人一起推車。噢，還有矮子攝影師除外，他在吉普車兩邊繞來繞去，確保他的攝影器材和錄影設備不會掉下來。我們把發電機拖車停在大型碎石機底下，將電線沿著碎石機四周的狹窄通道向上拉，大概拉到碎石機一半高的地方。大家很快便在上面坐好，目不轉睛地盯著電視監視器，而莫泰蒙和丁奇則爬到前面兩棵樹上，他們砍掉幾段枝椏，以免把矮子拍攝湖面的視線給擋住了。

「哇！這簡直像是參加一場喪禮，大家排排坐在五十公尺線外觀看。」麥克康柏先生說道，他背靠著碎石機，以帽子蓋住臉，嘴邊叼著一支沒有點燃的雪茄搖來晃去，然後閉上眼睛。「矮子，等第一場好戲上演的時候再叫我，要記得喔！」

那時早已過了下午兩點，可是一直沒看到湖面上有任何動靜，因此要吃到漢堡也遙遙無期。終於有兩艘巡邏艇出現了，過一會兒又來了一艘拖船，後面拖著像是大型橡膠筏的東西，上面有一架起重機。我們從來沒在湖上見過這種東西，簡金斯先生向我們解釋，那些裝置是陸軍工兵的裝備，前幾天炸彈剛剛弄丟的時候，他們用平底的貨運火車把它載到這裡來。

我們坐在上面看了好幾個小時，潛水人員不斷自巡邏艇的一邊跳下水去，隨後又浮出水面，重新把氧氣筒灌滿氣體。矮子的攝影機裝了一支很棒的變焦鏡頭，一旦某艘船似乎發生了一些狀況，矮子就把景象拉近，讓我們把每個動作都看個一清二楚，你幾乎可以讀出巡邏艇甲板上某些人嘴裡說的話。可是這情景實在也很無聊啦，看不出來到底何時才會把炸彈撈起來。馬其上校站在潛水人員使用的船上，他們不斷回到船上來，比手畫腳地跟上校作報告，我們無法了解那些手勢代表什麼意思。無論如何，情況似乎越來越明顯了，他們八成遇上某種棘手的問題。

「我敢確定，現在應該找到炸彈了。」莫泰蒙喃喃自語說道：「或許我們應該畫張地圖交給他們。」

「說不定炸彈已經爆炸，所以不見了。」丁奇說道。

「你白痴啊！」費迪說：「如果炸彈爆炸了，那我們也會聽到呀！」

「水底很深耶！」丁奇不信邪。

「拜託喔！你難道沒看過原子彈的蕈狀雲嗎？那種雲比一棟房子還大，而且會直直衝上雲霄耶！」

「對喔，我看過，是很大一坨啦。可是說不定這次的蕈狀雲會向下鑽，而不是向上衝起呢。」

費迪一臉不屑的樣子，嘴唇高高翹起，輕蔑地哼了一聲：「喂，你根本完全沒有科學概念嘛，對吧？」

「我如果看到蕈狀雲當然認得，可是現在沒看到啊！」

「所有的情況都顯示，那顆炸彈絕對沒爆炸。」費迪說，他還真有耐心。

「如果它炸了，那麼你必死無疑！咦，或許這是個好主意喔。」他最後再加了一句，然後又跟平常一樣打了個飽嗝。

「噢，拜託！你肚子那麼多氣體，就是會吹牛而已！」丁奇向他吐口水，而且氣得緊緊握起拳頭，然後衝向費迪，兩隻手亂打一通。費迪則趕緊跑到通道下面去，消失在轉角處，丁奇在後面緊追不捨。

麥克康柏先生看到這一幕，整個人幾乎笑倒在通道上，他正在抽的雪茄滾到旁邊，一小撮熄滅的菸草散落開來；傑夫走下階梯把它撿回來，免得引發火災。而費迪和丁奇正在碎石機的另一邊打成一團，莫泰蒙跑過去把他們兩人架開。莫泰蒙叫他們握手言和，還威脅說，如果再打起來就等著挨揍，於是兩個人終於安靜下來不再吵了。我老爸說，假如你要阻止兩個人打架，最好的方法就是用某件可怕的事情威脅他們。我不知道有沒有用，不過這次果然有效，費迪和丁奇都乖乖坐下來看電視，兩個人都背靠碎石機，彼此偷瞄對方。

我們看到潛水人員再度下潛，等到他們浮上來，又和馬其上校及陸軍軍官討論良久，那個陸軍軍官站在甲板上，旁邊站了兩個身著便服的人。他們繼續說著話，這時有一艘巡邏艇先離開，隨後再開回來時，後面拖了一個巨大的紅色浮標。潛水人員再度翻下船邊，將浮標固定在我們的氣球那兒，然後把氣球拖到旁邊，將裡頭的氣體全部放掉，接著三艘船全數開回岸邊，後面也還拖著那個巨大的橡膠筏。

「這到底是什麼意思啊？」麥克康柏先生站起身來沉吟道：「在我看來，他們什麼事也沒做，只不過是在閒扯淡罷了。」

「真是把我給考倒了！」簡金斯先生說：「我們最好回到鎮上去，看看他們是不是又要發表什麼談話。現在已經四點了，我得趕緊開車回到克林頓鎮，把這些設備還給電視台。」

「真抱歉，他們沒把炸彈撈上來。」亨利說：「我不曉得哪裡出了問題。」

「沒關係啦！」簡金斯先生說，他輕拍亨利的背。「你讓我們看了一場精采的表演，別人根本拍不到這種打撈作業的畫面，我應該把它放在黃金時段來報導才對喲。」

「好耶，來個獨家吧！」麥克康柏先生評論道：「不過你得注意幾件事，最好等到空軍那些傢伙轉台看今天晚上的新聞時，你再播出這則報導。他們八成想破頭也猜不到你是怎麼拍的。不過他們可能會採取一些措施，讓你沒辦法再拍到其他的畫面囉。」

「搶到獨家報導，總是要付出這類代價嘛。」簡金斯先生無奈地聳聳肩：「假如他們這麼會找麻煩，我就把責任推到摩里根教授的頭上。這全是他計畫出來的。」

沒看到炸彈起出水面，我們全都有點失望。不過大家也都很好奇想知道，那些人在巡邏艇的甲板上進行冗長的討論，到底在玩些什麼花樣呢？因此，我們以最快的速度把裝備全部抬上吉普車，迅速衝下小徑，回到簡金斯先生停放旅行車的地方。抵達鎮上後，我們直奔布里斯托旅館，那裡可說是記者的大本營，湧入鎮上的記者都住在那裡。這時，許多記者懶洋洋地聚在旅館大廳裡，三三兩兩玩著撲克牌、看電視，或者就只是在沙發椅上大聲打鼾。

「你們溜到哪裡去了？」有人問道：「你們錯過了好事囉。」

「唔……我們只是去郊外野餐啦。」簡金斯先生回答他：「有什麼好事？發生了什麼事嗎？」

「是費洛啦，他在那邊，他剛剛適時打出一組同花大順，把那個牌局給殺得落花流水，就是這樣啦！你真該待在這裡的，說不定會輸點錢喔。」
「啊？就這樣？我還以為是什麼重要的事哩。」
「哎喲，假如你坐在這裡，像我這樣手上有一組葫蘆，那你就會覺得很重要啦，因為他就找不到機會打出同花大順了嘛。軒尼詩則是打出同花順，而且也贏了。喂，我們下到最大注耶，那局總共下到三百元！」
「其實我大概只放了一半跟進，而你居然像傻瓜一樣又加碼。我看你八成是在什麼慈善義賣會之類的地方學會打撲克牌的吧。」那個叫費洛的說道，他說話時眼睛根本沒張開。
「哎呀，人生就是如此，」麥克康柏先生說道，他狡猾地使使眼色。「贏的人講笑話，而輸的人耍賴。」
「你帶那一大堆小孩去野餐啊？」有個打牌的人問道。
「錯，是他們帶我們去的！」麥克康柏先生答道，他忍不住捧腹大笑。
「還花了我八塊錢買了一堆汽水跟漢堡。空軍那邊有沒有任何消息啊？」
「完全沒有！」那個打牌的人說，他看看手錶：「我們是該打個電話給中尉了。啊，我們報社的截稿時間快到了。」

「不知道他們找到炸彈了沒。」另一個打牌的人說道。

「是啊！我也很想知道呢！」麥克康柏先生說，他邊說邊擠進一個公共電話亭，而簡金斯先生正在他旁邊那個電話亭裡打電話。

他和簡金斯先生都講了很久很久。一直到他們講完前，其他記者不停地敲門，催他們趕快出來，因為大家都要打電話。等到簡金斯先生終於走出來，他舉起雙手，示意電話亭前面的眾人安靜下來。

「各位，你們不必打了啦。」他說：「我終於跟馬其上校講到話，是他本人喔，而他完全拒絕在此時發表任何談話。」

「嗯，那他們發現炸彈沒？」十幾個記者同時問道。

「假使他們找到了，現在他們也不願承認。」

「可是，那些小孩綁在湖面上的橘色大氣球又是怎麼回事？他們派潛水人員潛下去了沒？」

「有啊，他們潛下去看過了。」簡金斯先生說。

「而他們說沒找到任何東西？」

「那根本是個大騙局，對吧？」

「你是說，我們被那些小孩搞的神奇把戲給騙了？」

「各位稍等一下！稍等一下！」簡金斯先生說，他又舉起手來。「他們並沒承認找不到炸彈。」

「咦，你剛剛說他們承認了啊。」

「我才沒有呢……我是說，他們不打算發表任何談話。他們不願證實已經找到炸彈，也不願證實還沒找到，剛剛只是說：『不予置評！』而在我看來，我覺得他們應該還沒找到。」

「你為什麼這樣說？還有，你怎麼知道這麼多啊？」

「因為他們把氣球拆下來，換上一個紅色浮標，仍然綁在同樣的位置。他們一定還得回到那兒去，不然又綁個浮標要幹嘛？」

「說得有道理。可是，你到底是怎麼知道這些事的啊？」

「我就是知道嘛，就這樣，」簡金斯說：「你們聽我的話就是了。」

「我還任你宰割哩！」那個看似懶散的記者說道，就是常常把外套掛在手臂上，領帶也常常沒繫緊的那傢伙。「簡金斯，你該不是想阻止我們到現場去吧？或者你早就已經發稿了，打算把我們遠遠甩到後頭去？哇塞！我的老天爺！我敢打賭，你剛剛講了那麼久的電話就是這個原因。啊哈，你根本不是打電話給馬其上校！你是在跟你同事講電話，把你的報導錄在錄音帶上！」

「喂，且慢！且慢！」簡金斯先生想要提出辯解，可是已經沒人要理他了。其他記者擠成一團，大家都從他身旁繞過去，搶著擠進電話亭裡去。

「簡金斯，你真是沒良心耶！」

「哼，我自己打電話給馬其上校！」

「你白痴啊！我要直接打電話到國防部！」

「哎喲，我們真是一群大笨蛋！」

「簡金斯，真是多謝你喔！你要記得提醒我，偶爾也要幫你一個忙啊！」

然後，這群人像是往四面八方爆炸開來一樣，有人衝上樓梯，有人衝下來，還有人衝到街上去，每個人都在找電話。這時，麥克康柏先生終於從另一個電話亭走出來，安靜地站在一旁。

「大家為什麼這麼激動啊？」他若無其事地問道。

「沒什麼，」簡金斯說：「這些傢伙認為，我們拿東西遮住他們的眼睛，不想讓他們看見。他們以為我暗藏消息不說，以為我不讓他們搶到新聞。」

「你真的暗藏一些消息啊！」

「暗藏什麼？」

「只有你知道你媽幾歲吧！」麥克康柏先生說，然後邁開腳步走向櫃台。

他還沒走到櫃台，便感覺到亨利抓住他的袖子。亨利很激動，拼命指著大廳的另一頭，那兒有扇門的招牌寫著「酒吧」。有一個瘦瘦高高的男人，嘴上蓄著濃密的黑色八字鬍，一晃眼便消失在門後。麥克康柏先生轉過身去恰好看到那個人，於是他看看亨利，而亨利也看著他。

「你認為如何？」麥克康柏先生說。

「我記得他是一個潛水人員，我們曾經在巡邏艇甲板上看過他，」亨利說：「不過我不是很確定。」

「我也是，」麥克康柏先生說：「因為矮子拉特寫鏡頭的時候，常常沒把焦距對得很清楚。」

「不過我剛剛注意到，他的額頭有一道紅色的痕跡，」亨利說：「可能因為他戴了一頂相當緊的頭盔吧。」

「你真是個聰明的小孩，」麥克康柏先生說：「我想，我該買杯酒請某人喝喝囉。」於是他向亨利眨眨眼，然後便穿過大廳，他的身影隨即掩沒在酒吧的人群裡。

那天晚上，長毛象瀑布鎮在忐忑不安的情緒裡進入夢鄉——如果有任何人睡得著的話。大約傍晚過後，空軍方面仍舊拒絕提出關於炸彈的任何談話，於是各種各樣的謠言又在鎮上傳了個滿天飛。我猜想，有些人已經心裡有數，他們知道空軍還沒找到炸彈，但也不想承認這件事。然而，有更多人認為，我們那個氣球花招是個超級大騙局，空軍像呆頭鵝般一頭栽進去，搜索半天根本就是白費力氣，他們因而羞於承認。不過，如果有機會做選擇，絕大多數的人都會願意相信最令人吃驚的揣測，長毛象瀑布鎮的居民也不例外，因此街頭巷尾的耳語盛傳，炸彈就快要爆炸了，而且空軍無力阻止這件事發生。相信這種說法的人趕緊打包睡袋和食物塞到車上，準備著開車盡可能遠離這個危險區域。車潮湧現，通往鎮外的道路塞滿了小貨車，不管是往東、往西、往南，還是往北的方向，全都一樣。才不過傍晚時分，鎮上所有的加油站就再也擠不出油來了。

在鎮上四處流竄的謠言中，最奇怪的莫過於空軍早已提出一份報告，原來他們發現弄丟的裝備並非炸彈，掉在湖裡的東西其實是裝滿飛機燃料的機翼油箱。很多人相信這種說法，因為他們希望事情確實是如此，而他們認為空軍目前正在拖延時間、想盡辦法自圓其說，不然整個鎮為了一個唬人的炸彈大恐慌，可是提心吊膽了整整有四天的時間呢。

我猜想，那天晚上十一點播出夜間新聞的時候，大多數留在鎮上的人差不多都死盯著電視機，也恨不得空軍方面立刻針對所有的疑團一一澄清。可是空軍單位什麼也沒說。結果呢，麥克康柏先生不是跑去跟黑色八字鬍的高個兒喝酒嗎？也就是亨利認為他是潛水夫的那個人，麥克康柏先生想必請他喝了不只一杯酒，因為他洩露的秘密可真多哪。

那天晚上，我穿著內衣坐在客廳中央的地板上，把電視的音量轉小，以免我媽聽見聲音。我還把所有的燈都關掉，連津津有味地嚼著洋芋片也完全不敢發出聲音。新聞最開始的五分鐘，自然全是關於消失炸彈的報導，當電視上出現簡金斯先生在碼頭上專訪傑夫和亨利，還有馬其上校的座車被賈斯帕·歐克白的西瓜完全埋住的畫面時，我坐在地上低聲歡呼，還忍不住興奮地敲打地板。然後是潛水打撈作業的報導，報導中播放了三十七秒的畫面，完全是從矮子拍了四個小時的帶子中剪出來。接下來扯了一大堆冗長的廢話，例如空軍方面為什麼不發表任何談話、他們為何還沒找到炸彈、愛出名的眾議員應該對整個情況發表一點看法云云。看到這裡，我本來打算關掉電視，上床去睡覺了，這時螢幕上突然閃著「特別快報」幾個大字，主播隨即開始播報：

「各位女士、各位先生，我們中斷了正常時段的新聞節目，爲您插播這則來自美聯社的特別快報。長毛象瀑布鎮快電報導——美聯社今晚在報導中引述極爲可靠的消息來源指出，空軍於四天前遺失的核子裝置，經由潛水人員在草莓湖的一個區域努力搜尋，終於確認了炸彈所在的位置。他們先前曾於同一區域進行搜索工作，但是毫無所獲。根據描述，遺失的炸彈掉入一個小洞穴或裂隙裡，位置是距離岸邊約三百公尺的湖底山脊上，恰恰與本地一群年輕人先前預測的位置完全相同。」

「哇哈——哈——哈！」我忘情地大聲吼出來，然後發現不對，趕緊用手摀住嘴巴，可是已經來不及了，我媽那睡意正濃的聲音從樓上傳來。

「查理，是你嗎?你到底在幹嘛?」

我沒回答。我忙著把耳朵貼在電視機上，這樣才不會漏掉任何一句話。

「在這則快電中，不願表明身份的消息來源告訴美聯社記者，若要移動炸彈，恐怕會讓負責這項搜索與打撈作業的空軍與陸軍工程單位受到嚴重的傷害。高層人士擔心，企圖將該件武器移出狹窄裂隙的任何動作，都可能導致炸彈外殼破裂，其內的可分裂物質也可能流入湖水中。消息來源指出，空軍高層目前面臨兩難的困境，到底要冒著污染湖水和鄰近地區的風險，執意將炸彈打撈上岸，抑或是把一個二千萬噸級的『定時炸彈』留給長毛象瀑布鎮，永遠擱放在『門階』上？」

「截至目前爲止，空軍高層仍不願針對今天的搜索作業提出任何說明。面對遺失炸彈已經尋獲的報導，今晚西港空軍基地的發言人拒絕加以證實或否認。記者針對美聯社的報導提出詢問，他們也只簡短答以『無可奉告』。」

「本台追蹤報導——根據美聯社今晚最新的快報，空軍的潛水人員已經找到四天前意外從轟炸機上掉落的核彈。針對這項報導，空軍高層已經表明拒絕證實或否認的態度。」

「我們現在將時間交還給預定播出的節目。」

我把電視關掉，躡手躡腳地走出客廳。但隨後我又踮著腳尖走回客廳中央，心裡想著是不是該打個電話給傑夫或亨利。說不定他們沒聽到新聞。我開始向電話那邊移動過去，可是又停下來，心想他們說不定已經上床睡覺了。就在這時，我媽又叫我了。

「查理……查理……我叫你怎麼不回答？你到底在下面幹嘛？」

「我正在哄貓咪進屋裡來，」我說了謊。「過來啊，小咪，小咪，小咪……

……」我叫道，還把前面的紗門開開關關好幾次。

「怪了！貓咪在樓上跟我在一起啊。」

「原來如此！難怪牠不肯進來。」我趕緊把紗門碰地一聲關上。有時候真是諸事不順啊，我心裡這樣告訴自己，然後趕緊衝到樓上去。

我真是快累死了，但不知為何，一扭開電燈馬上睡意全消，思緒完全停不下來。我不斷想起剛剛新聞播報員所說的：「……一個二千萬噸級的『定時炸彈』永遠擱放在門階上！」我不斷跟自己說，這簡直像是「達摩克利茲的劍」一樣，危機四伏！我開始對那個希臘老臣的憂心忡忡感同身受，達摩克利茲坐在國王的劍下，還得在筵席中表現出怡然自得的模樣。我想，我便是這樣憂心忡忡地睡著了，因為我記得很清楚，後來我做了一個可怕的噩夢，夢見我坐在一個大型宴會廳的中央，旁邊圍繞著幾百個人，而我身上什麼也沒穿，只穿了內衣，於是忙著拿桌巾遮住自己的身體，同時還得閃避一把超大的劍，那把劍吊在我的頭頂上，忽前忽後一直不停地搖擺晃動。

我搞不懂為什麼會做這種夢，不過我們整個夏天往往有一半的時間結伴亂晃，身上除了一件小短褲外，什麼也沒穿，而且也不覺得怎麼樣。還有我們曾經幻想，哪天在光天化日之下只穿著內衣就被逮捕，那一定是糗斃了。這樣說來，那個夢也是同樣的意思。我還記得，在夢中我從桌上匆匆忙忙抓了根香蕉，還想辦法讓香蕉皮黏在我內衣的正面，讓它看起來像個金色的M字，那麼大家就會認為我是長毛象瀑布鎮田徑隊的一員。可是根本沒用，香蕉皮一直掉下來。然後，斯桂格鎮長爬到我面前的桌子上，他不只是包得緊緊的，居然還穿了一件又大又笨重的外套，而且一隻手拿著雨傘不斷揮舞。他朝著那把劍不斷揮舞雨傘，只要劍晃過來就揮兩下，而每次他一揮動雨傘，我就得忙著低頭閃避他的動作，心裡暗自希望他可別把我的頭給劈開來。最後，他把雨傘丟到一旁，又從桌上抓起一顆大西瓜，他把西瓜舉在那把劍搖晃的路徑上，每當劍晃過一次，就會切下一大塊西瓜。我還是得不停地左右閃避，以免切下來的西瓜出奇不意地掉在我光溜溜的肩膀上，而每回我做出閃避的動作，就忘了要同時拉緊遮在身上的桌巾，於是圍坐在宴會桌旁的所有人就會轉過身來，指著我大聲狂笑。然而沒有人願意阻止斯桂格鎮長的行徑。每當那把劍又切下一塊西瓜，他就邪惡地發出咯咯咯的笑聲。

接著，有四個僕人步履蹣跚地走進大廳，他們抬著一整隻烤牛，整隻牛懸掛在兩支棍子之間。那些僕人把烤牛抬到主桌上，砰地一聲恰恰好丟在我面前。而費迪居然端坐在烤牛中間，他用指甲撕下大塊大塊的烤牛肉，拼命塞進嘴巴裡。我張開嘴，想要哀求費迪幫我解決那把劍，可是連一丁點兒聲音都發不出來。費迪只顧著坐在那兒，滿足地摸摸肚子，要不然就是對著我的臉打飽嗝。我簡直快氣瘋了，於是我開始拉扯桌巾，想辦法把費迪和烤牛拉過來我這邊，或者最好能避開那把劍。可是桌巾被我扯裂成碎片，隨後有個尖銳的東西剛剛好刺進我的背，我不由得直直往上跳了足足有六公尺高。

不知怎麼的，我雙腳著地掉下來，而突然間四周全都亮起來了，原來是我媽站在我面前，她手裡還拿著廚房的長柄刷。

「現在幾點了？」我揉揉眼睛問她。

「反正你該起床啦，你這個貪睡的小鬼。」

我真該戒掉問這問題的爛習慣。不過我猜我是改不過來的。

這下牛皮吹破囉！

當那則關於炸彈受損的電視新聞傳到華盛頓時，首都的屋頂必定往上掀起了幾公尺高，因為所有的政治人物和相關人士全都驚惶失措地衝到長毛象瀑布鎮來了。隔天早上，當那些地位崇高的大人物全部湧進鎮上來時，你會覺得放射線必定對人們很有益。

我正在吃早餐的時候，似乎每隔三分鐘就有飛機從我家上方轟隆隆飛過，降落在西港空軍基地的跑道上。等到有四、五架飛機讓窗戶隆隆作響後，「到底怎麼回事啊？」我終於忍不住問我媽。

「你這個貪睡鬼，如果你準時起床，就可以聽到早上七點的整點新聞，也就不必問別人了。」然後她又出其不意地在我面前丟了一碗燕麥片。

「拜託啦，媽！到底什麼事啦？新聞說了什麼？」

「先把你的燕麥片吃完再說。」老天爺，這種事真是讓我抓狂。

「天哪，媽……我已經吃掉一整碗了。我的耳朵很快就會長出燕麥啦！」

「那又怎樣？有誰會看到嗎？」她笑了：「嘿，你什麼時候要到鎮上給卡斐先生修修頭髮呢？」

「等我搞清楚發生了什麼事再說。」我靈光乍現說道，而我媽又笑了。

「好吧，你這個呆瓜。那我就告訴你吧。」

跟我媽在一起總是很有趣，不過她有時候挺討厭的就是了。

「廣播上面說，各式各樣的人都從華盛頓跑到這裡來調查那顆炸彈。我猜想他們已經找到炸彈了，可是或許有某些原因吧，他們害怕炸彈會破裂或之類的問題，因此它變得相當危險。我記得你爸以前也曾經疝氣（註：在英文中，疝氣與破裂爲同一字）發作，那時候他還很年輕，而丹柏利醫生說那毛病沒有什麼危險。不過我猜炸彈就不一樣了，而且……」

「拜託，媽！那我早就知道了。說說那些從華盛頓來的人吧。有沒有什麼重要的人跑來?例如總統有沒有來?」

「你早就知道了?噢，原來你昨天晚上就是在看電視啊。你偷偷溜下樓，然後把電視打開，對吧?」

「不對，不是我。我只是偷偷溜下樓，然後把電視關掉。」我說道，還得小心不讓燕麥片給噎死。

「查——理——」

「好啦、好啦，對啦，就是我，我以童子軍的榮譽發誓!」

「我再問一遍，是誰把電視打開啊?」

「是我，不過那是早一點的事了。」

「早一點是什麼時候?」

「我第一次溜下樓的時候。」

有支熱熱的提鍋柄打在我的頸背上，害我把嘴裡的燕麥片和牛奶都噴濺到T恤上面了，然後我又咳起來，因為有些燕麥片嗆到鼻子裡。我早該想到的，接下來那天發生了一連串的事件，原來早上吃早餐的事情只不過是剛開始而已。好傢伙！原來我早就得到預兆了呢！

「嗯，有什麼大人物從華盛頓趕來嗎？」我等到可以講出話來便問道。

「基本上所有人都來了。廣播裡面的人說，原子能委員會、空軍總司令、國防部長、郵政總長都來了，我不知道還有誰。」

「郵政總長？他來幹嘛？賣郵票嗎？」

「他們是沒說啦。」我媽又笑了：「不過我之前聽說，他正打算明年要競選總統。我猜想，他大概覺得跑這一趟對他沒什麼壞處吧。」

星期五早上去剪頭髮實在有點神經，不過我想還是去一下好了，這不只是因為我已經答應老媽，還因為「尼德．卡斐理髮店」總是聚集了許多怪老頭，我可以在那裡探探他們的口風，說不定可以打聽到更多內幕。唉，說什麼自己多聰明，結果還不是大家都想得到！我到達理髮店時，丁奇和荷馬早就坐在店裡等著剪頭髮了。荷馬正在挖鼻孔，我出其不意地跳進他旁邊的位子上，這時丁奇正凝神望著遠處的牆壁，看起來像是進入了催眠狀態。他看起來很蒼白，簡直像鬼一樣。

「丁奇，你怎麼啦？你不舒服嗎？」我問他。
「沒有啦！」丁奇回答。
「可是你看起來臉色很蒼白耶？」
「昨天晚上回家後，我媽叫我去洗澡。」
「噢！」
「我跟她說，如果她擦洗得那麼用力，我全身曬成咖啡色的皮膚都會被她搓掉，可是她還是繼續搓個不停，完全不理我。」丁奇用力吸了一口氣，左眼眼角竟然淌下一顆淚珠。
「真是太糟糕了。」我說。
「對呀！」丁奇說道，他又用力吸了一口氣，努力不讓眼淚掉下來。「男生努力了一整個夏天，就是想把皮膚曬成漂亮的棕褐色，但竟然有可怕的女生把這一切都給毀了。」
「老媽都是這樣的啦。」我一邊說著，一邊用手肘頂頂荷馬的肋骨。
「對呀，我真希望總統趕快下個命令，把所有的婦女都送到月亮去，那麼地球就不會這麼擁擠了。」丁奇說，他拿出手帕來擤擤鼻涕。

尼德．柏金斯那老頭坐在前排的理髮椅上，卡斐先生仔細修剪他那半禿腦袋的模樣，活像是對待某種藝術品似的。不知為什麼，每回我去理髮店，看卡斐先生用剪刀尖端為那些怪老頭細心修剪頭髮，他總是能剪個三十五到四十分鐘，但其實那些腦袋上根本沒幾根頭髮啊。我不禁懷疑，那些老笨蛋為什麼會覺得他們需要剪頭髮？終於輪到我時，要不了十分鐘，他就把我的頭髮全部剪光光，然後把剪頭髮的遮布啪地一聲甩到椅子前面，兩手一攤就要我付錢了。

想到這裡，我猜我知道為什麼了。卡斐先生精明得很，他把顧客分級，假如他覺得某個老傢伙嘴裡有不錯的八卦，大概可以講上三十五分鐘，他就會剪個足夠的時間讓那人講完。若是小鬼爬到理髮椅上，他心想這下沒啥新鮮事好聽啦，於是便趁機露一手，讓大家瞧瞧他剪起頭髮來是多麼俐落。因此，我真希望能通過一項法令，讓小孩子能在理髮椅上享有跟大人同等的理髮時間。

我們又在店裡坐了一會兒，無聊地玩玩壓拇指遊戲，翻閱舊雜誌，在卡斐先生店裡必備的《農夫年鑑》書上折幾頁書角，同時也豎起耳朵隨時提高警覺。尼德・柏金斯正在跟卡斐先生吹噓他對原子彈的看法，他的嗓門實在很大，因此他很肯定店裡的所有人都很有福氣，能夠聽到他精闢的見解。

「我猜啊，他們的新玩意一定很危險，沒錯。」他口沫橫飛地說。「可是我也猜想，空軍很清楚自己在幹嘛。我兒子就在空軍服役，從他們還叫做『陸軍航空兵』時就在裡面了，」他補充說道，還把他的頭從卡斐先生的剪刀下移開，以便環顧店裡的每個人。「所以他對於所有的裝備都一清二楚，而他說空軍很清楚他們自己在幹嘛！」

就在這時，鎮上的財務長查理・布朗走進來，把他的草帽小心地掛在掛鉤上。每個人都跟他說「早安」，可是沒人取笑他的新鞋。通常大家會取笑他，因為他也是鎮上唯一的殯葬業者，總是穿著簇新的鞋子，不過全都是黑鞋。在這個特別的早晨，大批人馬從華盛頓湧入鎮上，由於查理也是鎮議會的一員，應該很了解整個情況才對，因此大家對於他的說法比對鞋子更感興趣。

查理沒讓大家失望。他還沒坐下，便有個顧客趕緊換座位，把他最喜歡的位置給讓出來。查理開始滔滔不絕，仔細訴說他知道的所有情形，還在店裡走來走去，不時揮舞著眼鏡，而且每回轉身便得重新點燃手上的雪茄。

「我實在很心疼馬其上校的處境，」他說道：「你們這些人不像我那麼了解他，他真是個翩翩君子哪。現在從華盛頓來了一堆權貴顯要，全都擠成一團不斷質疑他，其實那些人只想趕緊舉行一場記者會，等結束之後便盡快逃離鎮上……最後把問題通通留給上校一個人。」

查理抽著一根雪茄，吐出兩個漂亮的煙圈，並咳嗽了三次。

「目前在我看來，長毛象瀑布鎮碰上了非常棘手的情況。或許這會讓我們在地圖上大大出名吧……如果大家沒被炸個精光的話。我想，我們是全國……說不定是全世界，第一個有原子彈掉在附近，卻沒人能碰到它的小鎮。」

「我們碰到它了，布朗先生。」丁奇舉手說道。

「閉嘴，小弟弟。」查理．布朗說道：「正如我剛才所說，每個人都不斷批評馬其上校，但是他已經盡全力了，而且他是個很好的人呢。現在他還得應付那些從華盛頓飛來的庸碌政客，而他們嘴裡嚷嚷要如何如何處理炸彈，那些方法大概連你們都會嗤之以鼻，我看還會讓人感冒打噴嚏哩！」

「說得好！再說一次吧！」尼德．柏金斯坐在椅子上說道。

「哼，我就再說一次。」查理．布朗說，他連停下來喘口氣都沒有。「他們嘴裡嚷嚷要如何如何處理炸彈，那些方法大概連你們都會嗤之以鼻，我看還會讓人感冒打噴嚏哩！」

老頭子艾爾莫．克拉伯特里坐在角落的搖椅裡，一聽到這句話便大聲地咯咯發笑。艾爾莫的頭上連一根頭髮都沒有了，而他為何老是在理髮店裡盤桓不去，對我來說真是個難以理解的謎團。不過我想，他很善於聆聽別人說話，因此卡斐先生很喜歡有他作伴。「查理，去跟他們講啊！」艾爾莫叫道。

「對呀！查理，到他們面前去講！」

「沒錯，查理，讓他們好好學學！」

鎮上的每個人都很喜歡看查理發怒的樣子。他就讀長毛象瀑布鎮高中時，曾經贏得全州的辯論比賽冠軍，後來還當了三年的「滑石學院」辯論隊隊長。他興奮的時候當真是口才便給，大家聽了總是熱血沸騰，忍不住吹口哨、歡呼，興奮得猛跺腳。現在他情緒又來了，那些字句像是自動滾到他嘴邊一般，彷彿根本不必花腦筋思考，就這樣說出來了。他說得越快，來回踱步的速度也越快，而嘴裡的雪茄更是被他嚼得稀巴爛，掉出一堆棕色的碎屑。

「現在我要說，我昨天晚上沒睡好，而我猜大家也都跟我一樣。只要一想到早上還沒掀開棉被就會被炸得粉碎，那感覺實在很不好受。不過隨後我想，馬其上校又有什麼樣的感覺呢？還有身在空軍基地的所有弟兄呢？他們又能睡得多好？如果我們會被炸得飛上西天，那他們又何嘗不是呢？而且不只如此，他們還得背負全國的指責，怪罪他們為什麼找不到炸彈呢？因此我要告訴各位，我從睡夢中一醒來，就覺得對他們所有人感到滿心的愧疚。」

「如果你根本沒睡著，那又怎麼會醒過來呢？」艾爾莫・克拉伯特里說。

「閉嘴，艾爾莫！」查理・布朗說道：「於是我轉念一想，問題並沒有那麼糟嘛。喂，艾爾莫，記得提醒我，哪天幫你付個理髮費用啊。」

店裡揚起一陣同意的笑聲，把牆上的鏡子震得嘎嘎響，而艾爾莫的禿頭倏地變得紅通通。等他再度張嘴，菸斗便從他嘴邊掉下來，匡噹一聲掉在地板。

「我聽說，他們打算把炸彈留在目前的地方……可能永遠都放那兒。」

「我今天早上也在廣播裡聽到同樣的說法。」查理說：「不過我可以擔保，華盛頓那些政客不會讓他們這麼做的。我們今天早上到空軍基地去會見那些到鎮上來的人，你們可知道我在那兒聽到什麼嗎？」

儘管大家都知道，查理無論如何都會繼續說下去，不過全部的人還是跟著說：「是什麼？」因為每個人都曉得，在查理準備宣佈重要的訊息之前，他會先逗弄大家一番。此外，這樣做也讓他有了幾秒鐘的時間擦擦眼鏡，再把它端放在鼻樑的凹痕裡，不過它老是馬上就滑下來了。我敢打賭，查理在五分鐘之內少說也擦眼鏡擦了八到十次吧。

「到底是什麼啦，查理？」

「你聽到什麼事啊？」

「這個嘛，我聽見有個大人物告訴記者……我想他應該是原子委員會的人吧，咦，那個機構叫什麼？啊，隨便他們怎麼叫啦……他跟記者說，他只給空軍兩天的時間，要他們趕快把炸彈從洞裡撈出來；如果辦不到，那個委員會就要接手管這件事，把能夠處理的人找到這裡來。」

「嘿，聽起來不錯嘛！」

「才不呢，一點都不好。」查理・布朗說：「就像我剛才說的，馬其上校是個很優秀的人，然而空軍正考慮要撤換他的職務呢。他一直是個很好的指揮官，我不希望看到他走。而且……」

「看到他走？」

「他要離開了嗎？」

「他要像其他那些笨蛋一樣離開鎮上，然後把我們跟湖裡面那個可恨的玩意丟在一起嗎？他腦筋有問題啊？」賈斯帕・歐克白說道，他才剛走進來。

「賈斯帕，你才有問題啦！」查理・布朗說，這句話從他沒咬雪茄的那側嘴巴迸射而出。「如果你已經準備要找個合身的棺材了，記得提醒我，得把你那空蕩蕩的腦袋用東西填滿才行，我們可能會想把它高高掛在鎮公所大廳的某處呢。我沒說馬其上校要離開……至少不是現在啦。不過你們這些傢伙不了解他現在的處境。鎮上的居民都把責任算在他頭上，媒體也把責任怪到他頭上，而現在華盛頓有一半的大人物也都怪罪於他。他頭上的『責任』這麼重，想必剪起頭髮來一定很痛吧！」

查理等大家的笑聲逐漸稀落後，再繼續講下去。

「四面楚歌、沒有任何朋友幫得上你的忙，你們有沒有碰過這種處境呢？馬其上校現在的困境就差不多是這樣。他沒辦法找到炸彈，而這時來了一群自作聰明的小孩，竟然向大家指出炸彈的位置，完全不給他留點餘地，你們知道我的意思啦。所以我希望等整件事告一段落後，空軍方面能夠給他換個職務，然而這還得看他是否能想辦法把炸彈撈起來，而且不能發生任何問題才行。而假使這個炸彈的狀況正如上校所說的，那麼他所剩的時間已經不多了。」

突然間，我開始覺得對馬其上校很不好意思。我想我最好趕快離開這裡，跟亨利和傑夫說明目前的情況。

「我要溜了，」我跟荷馬說：「我不能把整個早上的時間都浪費在這裡。」

但是荷馬抓住我的手肘，朝外面指指街上。簡金斯先生和矮子攝影師使勁搬著沉重的裝備，正朝向理髮店走過來。

「各位先生，大家早！」簡金斯先生以職業般的笑容向大家問好，他還用手壓著門，讓矮子把所有的裝備都拖進來。然後他向卡斐先生自我介紹。

「如果各位不介意的話，我們希望拍一點具有鄉土色彩的內容。」簡金斯先生向店裡的每個人微微一笑。

「每年的這個時候，附近的本地人並不多耶。」艾爾莫．克拉伯特里說道：「你最好等秋天再來。你可以花點時間等到十月中旬，到了那時，草莓湖西岸的小丘陵真是美不勝收啊！」

簡金斯先生向他很有禮貌地點點頭。「我也希望能再回到這裡來。」他說：「而現在呢，由於湖水將要抽光，因此我們想聽聽各位的意見。」

「湖水要抽光？」

「哪個湖啊？」

「這位先生，你到底在說什麼啊？」

店裡所有的人都從椅子上站起來了。卡斐先生把剪刀丟在地上，而查理．布朗的眼鏡也滑落到鼻子尖端。簡金斯先生趕緊向大家解釋一番：「看大家的反應就知道，你們還沒聽說這件事囉？對喔……我猜也是，你們一定還沒聽說，不過關於這件事的報導已經播送出去了。原子能委員會主任委員強森先生說，假如空軍未能在兩天之內把炸彈撈起來，他就要求內政部接手處理這個難題。而人在華盛頓的內政部長就說，他已經下令要求陸軍工兵把湖水抽乾，於是他們就可以進到洞穴裡，把炸彈安全地搬出來。」

「你是說把整個湖的湖水全部抽乾？」

「你這句話能不能再說一遍啊？」簡金斯先生說道，他拿著一支細細長長的麥克風，把它直挺挺地伸到查理．布朗的鼻尖底下。

「把那東西拿開！」查理說道，他伸手把麥克風撥到旁邊去。「我又不是用鼻子講話，你不知道嗎？」

「啊，真是抱歉！我只是想在報導裡面放進你的意見，就是你對於湖水可能要抽乾的反應啦。」

「不必你催，我自然會向你表達我的反應。」查理哼了一聲，很不屑地說：「絕對沒有哪個湖要抽乾的啦！至少在我還活著、還有力氣的時候，就不行！」查理．布朗說這些話的時候，突然猛地把草帽戴回頭頂上，由於實在太用力了，他一不小心咬斷了嘴裡的雪茄，一大塊菸草嘩啦啦地落到胸前的T恤上，而當他踏著重重的腳步走出理髮店時，那些碎屑便紛紛滑落到地板上。

湖水要抽乾的新聞傳遍整個長毛象瀑布鎮後，若說這裡引爆了一場大混亂，真是一點也不為過，甚至還太過於輕描淡寫了。義憤填膺的鎮民把鎮公所給團團圍住，而且整個鎮上到處都可見到表達反對立場的集會。艾比·拉拉比忙翻了，她開始把婦女集合起來，準備遊行到空軍基地去。而我們還聽說，她們有一群人正向霍金斯眾議員提出請求，邀請他跟大家一起赤腳走到華盛頓去。不過眾議員的辦事處說，他剛剛才被電召回華盛頓去了，所以沒辦法參加。瘋狂科學俱樂部也跟鎮上大多數的人一樣，立刻召開一場緊急會議，等到傑夫打電話把大家都找齊就開始討論。

「哎喲！」費迪說道，他拿帽子在鼻子前猛力煽動。「想像一下，湖裡的魚全都變成死魚的樣子！」

「再想想老針墊死掉的樣子！」我說：「我們永遠沒機會把牠釣上來了！」

「好了啦！大家都安靜下來！」傑夫說，他拍拍手要大家遵守秩序。「我把你們叫來開這個會，是因為亨利又想出一個妙計。你來說吧，亨利。」

亨利傾身向前，於是鋼琴椅的前腳落回地上。「嗯，我已經想到一個方法，不必把湖水抽乾就可以撈出炸彈。」他開始說了：「現在，馬其上校只有兩天的時間可以……」

就在這時，門上傳來扣扣扣的敲門聲。被任命為「糾察員」的費迪把門打開，原來是簡金斯和麥克康柏先生。

「我們可以進來嗎？」簡金斯先生問。

「不行！」費迪說。

「嗯，這就是瘋狂科學俱樂部嗎？」他問道，並用手稍微擋住屋裡的光線，以便看清楚裡面的樣子。費迪把門半掩上。

「你知道通關密語是什麼嗎？」

「我恐怕是不知道啦。」

「那麼你不能進來。」費迪說：「還有，叫那些攝影記者也離遠一點。這裡屬於管制區域。」

「別吵了，費迪！你給我住嘴！」傑夫大聲叫道：「簡金斯先生，請進來吧。隨時都歡迎你們過來。」

「除非我們召開幹部會議，你們才不能進來。」莫泰蒙補充說道。

簡金斯和麥克康柏先生勉強擠進屋裡來，後面還跟著幾位記者和三位攝影記者，不過他們得成一路縱隊才能進來，因為費迪半掩著門。

「你們讓昨天的報導終於打破僵局，因此想向你們道謝。」簡金斯先生說：「而先前有幾個傢伙不相信你們說的話，他們想親自向你們致歉。」

「我們並沒有打破僵局。」亨利謙虛地說：「跟麥克康柏先生擠在酒吧角落的那個潛水人員，才真正是打破僵局的人吧！」

「是呀，多虧有他！」麥克康柏先生低聲呵呵笑：「那傢伙大概因為待在水裡的時間太長了，所以沒辦法『站穩』立場吧！」他笑得實在太激動，結果吸進一大口煙，最後咳到差點抽筋。

「對了，新聞通訊社想要幫你們拍些照片，」簡金斯先生說：「可以在你們這裡拍照嗎？」

「哇，怎麼不早說？我應該先洗個澡再來的。」荷馬說道。

「在這種燈光下，你身上那些髒東西是拍不出來的啦。」有個攝影記者說，他已經開始劈哩啪啦亂拍一通了。

「他們要把湖水抽乾，你們有何看法？」等他們拍完照，簡金斯問我們。

「真是蠢斃了！」費迪說道。

「不一定要這樣做，」亨利說：「我有個方法可以把炸彈撈出來，而且不會引發任何問題。」

「我完全了解，『教授』再度出馬啦！」麥克康柏先生說道，他用手肘輕推簡金斯先生。「教授，我早就料到你會怎麼做，你要把湖水劈成兩半，然後開一輛卡車直達那個洞穴，再把炸彈搬到卡車上，對吧？如果我答應買漢堡給你們吃，那麼這回我們可以在旁邊觀賞嗎？」

你會發現，亨利又從耳朵後面開始紅起來了。他不太懂得開玩笑，不過這次他笑了：「不行！那未免太費力了吧！事實上，那個洞穴可視為一個密閉的空腔，只要把空氣打進去，讓洞穴裡的氣體壓力越來越大，直到洞裡所有的水都被氣體逼出來為止，然後潛水人員就可以進入洞穴裡面。最好先在炸彈四周裝上一些保護裝置，接下來綁些救生圈之類的東西。等到把水灌進洞穴裡面後，炸彈就會自己浮到外面來了。」

麥克康柏先生聽得目瞪口呆。簡金斯先生則對這個點子非常認真，他問道：「要讓炸彈自己浮出來，那個洞口夠大嗎？」

「當然夠。」我說道。

莫泰蒙也跟著附和：「或許炸彈的側邊會稍微受到碰撞，但如果保護措施做得好，就不會有什麼問題了。比起用鋼索連接絞盤把它拉出來，我們的方法實在簡單多了。」

簡金斯和麥克康柏先生彼此對看一眼。「我們說不定又撈到一則新聞囉。」麥克康柏先生說：「你確定這方法管用嗎，亨利……嗯……教授？」

亨利想了一會兒，然後他說：「如果能試試看，當然是最好啦。因為如果這方法不管用，大家就得改寫所有的基礎物理學教科書啦。」

「我懂你的意思。」麥克康柏先生沉吟道：「教授，抱歉問了這個蠢問題呀。」然後他和簡金斯先生走出門外，其他記者和攝影師也跟在他們後面。不過麥克康柏先生又回過頭來，向亨利使使眼色，說：「如果我是你，我會跟馬其上校提提這個點子。現在他很需要大家的幫忙啊……我是說真的喔！」

「幫馬其上校，當然好啊！」傑夫等大家走後便說：「可是我們要怎麼找到他呢？」

「我們可以寫封信給他。」丁奇建議。

「哎呀，真是個偉大的想法啊！」費迪輕蔑地說道：「等他收到信的時候，可能早就被派到阿拉斯加去，在某個後勤基地當指揮官了吧。」

「我知道要怎麼找到馬其上校，」莫泰蒙說：「很簡單的啦！」

「怎麼找？」傑夫問道，而我們所有的人都轉過去看著莫泰蒙。

「只要動點腦筋就行了，就這樣。」莫泰蒙說：「不是像亨利動的那種腦啦……不過總要有人幫俱樂部想想跟科學無關的事情嘛。」

「哎喲，我想不出還有誰比你更適合了。」荷馬說：「你快說吧，我們洗耳恭聽！」

半小時後，我們一夥人騎著腳踏車，朝向西港空軍基地的大門飛馳而去。我們身上背著一大堆標語牌，上面寫了許多無聊的話，例如「歡迎加入空中鬧劇！」……「山姆大叔要開除你了！」……「潛水艇跳樓大拍賣！」……還有「你們有個鋼瓶弄丟了！」之類。等我們到達之後，便在大門外的崗哨亭前面排成八字形，手裡拿著標語在空中大力揮舞，所有人還不斷高叫：「起錨啦！」只有莫泰蒙除外。他跳下腳踏車，開始拿照相機對著崗哨亭和大門猛拍照，其實相機裡面根本沒底片。

正在大門當班的兩個空軍憲兵走出來，試圖要阻止我們的行動，不過我們只是稍微繞騎到馬路上，等他們一回到崗哨亭就立刻衝回大門前。最後，他們其中一個人終於打了通電話，沒過多久就有輛軍車開出大門外，從車上走出一位中士。他向我們走過來，停在馬路中央，而我們則排成八字形把他團團圍住。費迪站得離他比較近，於是他伸手抓住費迪的腳踏車把手。

「胖子，你給我從實招來！」中士說：「你不會剛好又帶了一根香蕉吧？」

我從來都看不到胖子費迪的喉結，不過這回我終於看到了。喉結在他喉嚨那兒鼓碌碌地抖個不停，簡直像溜溜球一樣。「我聽不懂你在說什麼。」費迪說：「我媽說我不能吃香蕉，我吃香蕉會一直打嗝。」

「你別胡扯了！」中士說道：「我又聞到香蕉味啦！」

「既然如此，你不介意我先走一步吧？」費迪說道。於是他用力扭動他的腳踏車，掙脫中士的掌控，然後便匆匆忙忙往鎮上騎走了。

就在這時，另一位空軍憲兵抓住莫泰蒙的衣領，一把搶走他的照相機。

「呸！」莫泰蒙說：「我早該想到的。」

「如果你們不離開，我就把你們抓到基地指揮官的辦公室裡去！」那個中士說道，他正雙手叉腰站在莫泰蒙面前，身高看起來差不多有兩百多公分。

「你才不敢呢！」莫泰蒙說道，他用力挺起胸膛也只不過到中士的腰帶高度。「請尊重我的人權！」

「你有人權？我看你只有一張大嘴巴吧！」中士說道：「給我坐上軍車！」

這時候，我們其他人全都扔下腳踏車、圍在中士身邊，為莫泰蒙提供精神上的支援。

「莫泰蒙，你別任由他擺布啊！」……「給他罵回去啊！」……「他其實沒有表面上看起來那麼高啦！」……「別擔心！我們會把你弄出來的！」……「喂！中士！你的嘴巴幹嘛要張開啊？」……

「坐上軍車！」中士抓著莫泰蒙的手肘下令：「其他人也都給我坐上去！」

「你不可以對我這樣！」莫泰蒙開始尖叫：「我是美國公民啊！」

「哼，我也是哩！」中士說：「快給我滾進去！」他把莫泰蒙推上車。

根本不必等到他來推，我們就像嚇壞的兔子一樣砰砰砰跳上車，於是幾分鐘之後，我們一群人便擠在基地的總部大樓裡，馬其上校的辦公室就在這兒。

「怎麼回事？」一個年輕的中尉問，他坐在馬其上校的辦公室外面。

「就是這些小孩在大門口示威，」中士說道：「其中有個小子還說他是美國公民咧。哼，我不知道其他人是不是。」

「我們什麼也沒做啊，」丁奇說道：「我們只是表達抗議啦！」

「哎喲！他們看起來真像是危險份子哪。」那個中尉說道，他很不高興地皺皺眉頭。「都交給我處理吧，中士。謝謝你啦！」

「是的，長官！」中士說道，乾淨俐落地敬了個禮。然後他在原地向後轉，直挺挺地走出辦公室外，只在走出門外的時候稍微低下頭。

中尉在他桌上的對講機按下一個控制桿：「上校，長官，外面有五到六位年輕公民，我覺得你會想要見見他們。」

「好的！帶他們進來！」對講機傳出吱吱喳喳的答覆聲。

「請往這邊走！」中士說道，他幫我們打開上校辦公室的門。

上校坐在一張超巨大的桃花心木桌子後面，一開始我沒認出他來，因為他現在沒戴帽子。不過我們倒是馬上就認出旁邊的兩個人，他們坐在上校桌邊的皮製扶手椅上。原來是簡金斯和麥克康柏先生。

「哇，真是令人高興哪！」上校說，他從椅子上站起身，並伸出手來。

「我想，我認識諸位年輕的紳士。你們究竟是怎麼通過大門的守衛呢？」

這時候，我們全都開始放聲大笑，臉上也很不好意思地紅了起來。上校走過來跟我們每個人握握手，他也請中尉多搬幾張椅子到辦公室裡來。

「我曉得，你們有事要跟我說。」等我們全都入坐之後，上校這樣說道：

「我聽說，大家稱呼你們為『長毛象瀑布鎮的瘋狂科學家』。」

我們面面相覷，沒人知道該如何答腔才好。最後，亨利終於怯生生地說：

「是的，長官。」

「跟我談談你們這次的計畫吧。你叫做亨利．摩里根，對吧？」

「是的，長官！這個嘛……其實很簡單啦……我只是剛好想到啦……而我想呢，也許……」

當亨利開始努力解釋他的點子時，上校按下對講機的按鈕說：「請克拉默少校進來。」幾分鐘後，一位衣領上佩帶著工兵飾章的陸軍少校走進來坐下。

等到亨利說完，上校問他：「你說那個洞穴有多深？」

「大約十五公尺深，上校。」

「少校，計算一下那樣的深度會有多大的水壓。」

「我會算算看。」少校說，他做了個筆記。

「大約是一．五個大氣壓，長官。」亨利說。

「喔……那麼，確定一下需要多少空氣壓力才能把洞穴裡的水都擠出來。」

「大約要十公斤才夠。」亨利又說：「說實在的，那個洞穴並不會很大，我想，在陸軍的疏浚裝備裡，一定有夠大的壓縮機可以用上，而且……」

「少校，你還有沒有什麼問題要問？」馬其上校說，他的臉上露出一個大大的微笑。

全部人都跟著笑起來了，而麥克康柏先生也跟往常一樣，他又被嘴裡的雪茄嗆到，結果菸灰和一點菸葉灑得馬其上校的桌上到處都是。

「哇塞！這下我知道了，看來我得買一大堆漢堡囉！」他終於不再狂咳之後說道。

「好吧！」上校說，他用手搔搔頭上濃密的白色捲髮。「我會有這頭白髮，並非因為我老是逃避問題而無法解決，況且我也不是死腦筋，不願意冒險嘗試新的做法。在我的軍旅生涯中，曾經兩次受到處分，一次是在德國的不來梅港，另一次是在北韓，那種感覺與心情我清楚得很。對了，在我們這行，有句話是這樣說的：『等你最後一次受到處分時，你根本就沒什麼感覺了！』」

上校笑了，而大家也跟著笑，不過這回笑聲的音調有點怪。

「言歸正傳……我不知道該不該把我的職業生涯賭在這樣一個計畫上，而這個計畫居然是由一個叫做『長毛象瀑布鎮的瘋狂科學家』的團體所想出來的……不過說實在的，我只剩下兩天的時間，必須趕緊想辦法把炸彈弄出來……不然這個鎮就得自己面對這個燙手山芋。所以呢，我決定要放手一搏！」

「好耶！」丁奇忘情地大叫：「噢，對不起，長官。」

「沒關係的，年輕人。不過先別這麼興奮，我們也可能沒辦法把它撈出來呀。我想，到目前為止，這是我所聽過最可行的計畫，所以我們要放手一搏了。『打鐵要趁熱，羊毛最好要剪羔羊毛！』……有句話是這樣說的吧？」

「上校，我們可以報導這件事嗎？」麥克康柏先生說。

「你是說羊毛這部分嗎？」

「我是說計畫的全部細節啦。我是這樣想的，這些小孩先前說出炸彈的位置，而他們的說法是對的，如今你也打算採用他們建議的方法把炸彈撈上來。我覺得這是一個很棒的故事呢。」

「很棒的故事，好吧，如果這方法管用的話。」上校說：「可是如果不管用呢？那我豈不是像笨蛋一樣，而且『瘋狂科學俱樂部』也會變得很蠢。到最後，如果因此破壞你們的名聲，這樣不太好吧？」馬其上校還跟亨利眨眨眼。

「我懂你的意思。」麥克康柏先生說。

「恐怕我得要求你們配合。」上校繼續說：「如果我們把炸彈撈出來，你們才可以報導整個故事。現在我們只不過認為『理論上』應該會怎樣，而所有的科學家都知道，『理論』必須要獲得證明才算數。對吧，亨利？」

「沒錯，上校……長官，」亨利說：「不過還有一件事……我們可以……」

「絕對不行！」上校說：「我知道你打算問什麼事，不過我有個辦法。」然後他向簡金斯先生眨眨眼。「如果你們打算在山丘上架設監視攝影機，就像之前那樣，那麼我要派一位通訊官中士跟你們一起去。你們可以透過無線電與我聯繫……萬一我需要任何諮詢的話。」

「好耶！」丁奇又尖叫了：「抱歉，長官。」

「沒關係，年輕人。現在呢，原諒我必須先告退，我們得趕緊展開行動。接下來只有兩天的時間，而今天最好的時機已經過去了。」

我們與上校握手道謝後，等不及中尉叫車子送我們，大夥兒便狂奔而出，穿過整個營區衝到大門口。大門口的空軍憲兵把我們的腳踏車靠攏停在崗哨亭後面，等到我們把車子牽出來時，那位身材高大的中士開著軍車出現了。

「嗨！」他朝著我們大吼：「我要沒收你們帶來的標語牌，你們不介意吧？我們今晚在『軍士俱樂部』舉辦舞會，而我想這些標語可以派上用場。」

「沒問題！」莫泰蒙說道，他把標語牌全部扔給中士。「哎呀，我還可以在上面為你親筆簽名喔！」

然後我們拼命踩著腳踏車，打算以最快的速度騎回傑夫家的穀倉。

「還有一件事！」中士在我們背後叫道：「請你們把『香蕉事件』的原委告訴我，好嗎？」

「沒問題！」莫泰蒙回身大吼：「那你也得把舞會的詳情告訴我喔！」

我們騎腳踏車回到鎮上，發現長毛象瀑布鎮的氣氛顯然為之一變。幾乎每家每戶的門前都懸掛了美國國旗隨風飄盪，而且到處都有標語牌和旗幟寫著：「離馬其遠一點！」……「膽敢抽乾我們的湖，就把湖水噴到你身上！」……

「打倒內政部！」……「我們要讓華盛頓夜不成眠！」等等。甚至有棟房子前面掛了個小標語：「支持亨利．摩里根競選總統！」。查理．布朗在廣場上的露天音樂台舉行一場公開會議，他催促大家趕快寫信給教宗和仲裁官等眾多人士，希望大家支持我們拯救草莓湖的行動。而我們也聽說，艾比．拉拉比已經上電台懇求全國所有的婦女都到長毛象瀑布鎮來，她們要沿著湖岸組成婦女聯合封鎖線。突然間，大家原本對於炸彈和放射線的恐懼感全都消失不見了，現在所有人只關心草莓湖會發生什麼事。而馬其上校也不再是窩囊廢，他已經變成大家心目中的英雄了。

麥克康柏先生說到做到。他和簡金斯先生現身在我們的基地，帶來一大堆足夠餵飽我們這群傢伙的漢堡肉餅和圓麵包，甚至還搬來戶外烤肉架，準備等一下現烤現吃。有個名叫史基摩的中士也跟他們一起來，不過他向大家自我介紹時說：「你們可以叫我『史波雞』，大家都這樣叫我。」他開了一輛空軍的吉普車，車上架設了無線電設備，用來聯絡及傳達指令。

「大家動身吧，」費迪說：「我快餓死了！」

「噢，這是個非常充份的理由呢。」麥克康柏先生說。

我們全都擠上旅行車及兩輛吉普車，朝廢棄鋅礦場出發。多虧有中士的吉普車幫忙載運發電機，這樣一來，登上碎石機的最後一段路就輕鬆多了。至於矮子先生，他只要用膝蓋頂住他的攝影機就行。費迪和丁奇對於野炊的興趣，顯然遠大於炸彈是否能安全撈出水面這回事，所以他們興沖沖地幫忙麥克康柏先生烤漢堡，其他人則幫忙在碎石機的狹窄通道上架設電視設備。史基摩中士把吉普車開到正下方的草叢裡，拉好擴音器和麥克風的兩條線，於是我們坐在通道上就可以跟馬其上校直接講話。我們還沒把所有設備都架好，就看到數艘巡邏艇和陸軍的大型平底船已經開到湖中央的半路上，正直直朝著半島前進。船上顯然載運了所有的疏浚裝備。

我們比前一天更興奮，因為感覺上我們這次也是打撈作業的一份子。大家七手八腳地趕緊把設備都接好，然後便發現，我們其實符合了陸軍流傳已久的一句老話：「做太快，就得等。」除了盯著湖面癡癡等待、津津有味地咬漢堡、吸啜汽水之外，我們什麼事也沒得做，只能望著大批船隻航向半島附近就定位。丁奇一次只能帶著兩份漢堡爬上梯子，後來史基摩中士從吉普車裡拿出一頂頭盔，用普通繩子綁住頭盔的下巴束帶，就可以拿它當作升降機，一次可以拉起六到八份漢堡囉。

「中士，做得好！太棒了！」麥克康柏先生說：「你怎麼想到這個點子？」

「用我的頭頂想啊！」中士說道。

麥克康柏先生又開始捧腹大笑：「中士，你知道嗎？我參加第二次世界大戰的時候，最好用的東西就是親愛的老鋼鍋，你可以用它煮一大鍋燉菜、洗澡、當椅子坐，或是按兵不動時可以用來種花蒔草呢。」

「對呀，對呀！我聽說過喔。」中士說。

「哎呀，你才不知道真正的情況呢。」麥克康柏先生說：「你知道嗎？有時我們每天的供水配額只有半壺，於是我們把水倒進老鋼鍋，第一件事就是刷牙，然後刮鬍子，之後再洗手洗腳。而你知道最後剩下的水要拿來幹嘛？」

「幹嘛？」丁奇說，他的眼睛睜得像銀幣一樣大。

「我們用那些水煮咖啡！」麥克康柏先生一說完又開始放聲大笑，那模樣真是有夠誇張。

「老麥，你的打仗故事說夠了吧。」簡金斯先生朝著下面大吼：「你最好趕快上來啦，史波雞現在得準備跟上校聯繫了。」

麥克康柏先生費力地爬上梯子，他的龐大身軀轟隆一聲落坐在電視監視器旁邊時，整座梯子猛力晃動了一下。湖面上的船隻已經就定位了，矮子也讓攝影機瞄準巡邏艇的甲板，他估計馬其上校將會在那兒出現。隨後他把畫面拉近，拍攝上校在甲板後方與克拉默少校講話的情形。史基摩中士呼叫船舷上的無線電操作員，跟他說我們已經準備就緒。「遠距控制小組就定位，聯繫已建立，長官。」無線電操作員說。馬其上校轉過身來，朝我們這兒揮揮手，坐在通道上的大夥兒莫不振臂歡呼。這時彷彿有一道電流，就沿著我的脊椎朝下方倏地流過，我覺得興奮極了。我們就像是在電視上觀看美式足球轉播，卻還一邊跟四分衛直接通話、告訴他該如何進攻一樣。

接下來又是一陣漫長的枯候。最後終於看到馬其上校走到駕駛室，無線電開始沙沙作響。馬其上校想跟亨利通話。

「我只是想讓你們知道，現在已經全部準備妥當，即將開始灌注氣體了。」上校說：「我們已經派遣潛水人員潛到下面去，也把橡皮管安放在洞穴裡，馬上就知道能不能把它運出來囉。」

「謝謝你，長官。」亨利說道。於是我們全都坐下來耐心觀看。

接下來又是一陣漫長的等待……就像前一天一樣，只不過今天我們對整件事情比較有參與感。大家一下子大驚小怪，一下子又坐立不安，偶爾簡短討論目前的情況，不過眼睛始終盯住監視器不放。大約過了一小時之後，又看到兩位潛水人員翻過船邊跳下水。我們猜想他們一定在洞穴裡灌足了空氣，把水全部擠出來了。不過無線電並未傳來任何音訊。

「也許我們該呼叫上校。」荷馬說。

「很抱歉！」史基摩中士說：「上校清楚地交代我：『不要呼叫我……我自然會跟你聯絡。』」

就在這時，上校呼叫我們了。

「各位先生，」他說：「我不知道出了什麼問題，總之沒有任何進展呢。」

「你的意思是說，沒辦法把水逼出洞穴外嗎？」亨利問道。

「沒錯，」上校說：「我不了解這是怎麼回事。我們有一陣子能夠維持壓力，可是過沒多久又失敗了。亨利，說不定這方法行不通呢。」

「應該行得通！一定要行得通啊！」亨利非常堅持。

「很抱歉，亨利。顯然有什麼地方不太對吧。我們已經派潛水人員下去，他們會檢查橡皮管是否有任何破漏之處。」

亨利沉思了一會兒。「我不懂，」最後他說：「有沒有任何氣泡浮到水面來呢？」

「我相信是沒有。至少我沒有看到。」

「如果能夠維持一定的氣壓，你應該會看到幾個大型的氣泡，而如果是橡皮管漏氣，就應該會看到一連串的氣泡冒出來才對。我真是搞不懂。」

「我也不懂，」上校說：「不過我會注意看看。」

又是一陣長長的等待，上校跟克拉默少校則是不斷討論。隨後有兩個潛水人員浮出水面，他們全部聚在一起講話，只看到他們又是點頭、又是搖頭地講個不停。最後上校又回到無線電旁邊。

「讓我跟亨利講話。」

亨利沒有回答，我們全都望著亨利。他站在通道末端，背靠著碎石機，雙眼凝視著前方的大樹。我們叫他回到麥克風這兒來。

「是的，長官。」他說。

「亨利，不曉得哪裡出了錯。潛水人員說，橡皮管並沒有漏氣。我擔心這個方法根本不管用。」

「它一定行得通！」亨利重複說道。

「嗯……我們會再試一次，亨利。不過現在已經超過四點了，而我不希望打撈作業持續到天色變暗的時候。」

「別擔心，」亨利說：「別擔心啦！我得先做一件事。」

「亨利，什麼意思啊？」上校問道。

不過亨利已經走開，我們全都吃驚地望著他，他正用力地扭絞雙手，猛力踢著碎石機的側壁。麥克康柏先生走到他身邊，輕柔地拍拍他的肩膀。

「我這句話不想說得太好笑，亨利……不過就現在的情況看來，你吹的牛皮似乎已經吹炸了噢。」

亨利轉過身來，用古怪的表情看著他。

「你知道嗎，麥克康柏先生……你說得可能一點都沒錯！」

然後他轉身看著簡金斯先生，雙眼流露出懇求的眼神：「簡金斯先生，可以請你立刻載我到州立大學去嗎？我必須以最快的速度趕到那裡去。」

「嗯……當然好啊，亨利。不過到底發生了什麼事呢？你不想留下來等他們再試一次看看嗎？說不定下次的運氣會比較好呢。」

「不可能的。」亨利說：「我們只有一次機會，所以一定得好好把握才行。時間越來越緊迫了！拜託你載我到大學去吧！」

「就聽你的囉，亨利！」簡金斯先生聳聳肩說道。

於是他和亨利匆匆忙忙衝下小山丘，跑到我們停放旅行車的地方去。

絕地大反攻

我真希望能陪亨利到州立大學去，不過他跟簡金斯先生一溜煙就跑掉了，其他人連問問他們為什麼要去都沒機會。因此，我在這裡只能提供簡金斯先生的說法給大家參考。

州立大學的校園大約只有二十五公里遠，因此當他們兩人到達時，我們說不定還沒從礦場收拾妥當打道回府呢。他們直奔伊果・多地層博士的辦公室。多地層博士是世界知名的地質學家，喔，你大概從沒聽過他的名號，那麼我先做點背景介紹吧。是這樣的，大多數的歷史學家及地質學家都主張亞特蘭提斯大陸早已沉入大海之中，但是多地層博士提出相反的論點，他認為亞特蘭提斯大陸一直都位於原來的地方，反倒是世界上的其他大陸在它四周往上升高，到了最後，它便完全被水域給覆沒了。其他科學家不斷挑戰多地層博士的論點，大家都要求他以現今的狀況提出證明，但他總是這樣回應：「先證明你們的論點如何？你們先把亞特蘭提斯大陸找出來給我看，我再讓你們瞧瞧什麼是『擠滿笨蛋的象牙塔』！」他一向是媒體寵兒，不時便會大放厥詞如同上述那般，相較之下其他科學家便顯得有點呆拙。

言歸正傳，結果多地層教授不在他的辦公室，他還在大學的禮堂為一門課的兩個學生講課，於是亨利和簡金斯先生便到那兒等他下課。亨利當然不願打斷課堂的進行，但是撐了半小時之後，時間已經是傍晚五點多了，他忍不住開始揮舞雙手，企圖吸引教授的注意力。教授只有一隻眼睛是好的，他在羅馬尼亞的革命時期失去了一隻眼睛，這便是他決定來到美國的原因；而也因為如此，有些學生給他起了個「獨眼龍」的綽號。他伸手調調鏡片看清楚些，然後便笑著朝亨利招手，比個手勢要亨利和簡金斯先生在教室裡找位子坐下。接下來又這樣過了十五分鐘，終於有個學生躡手躡腳地爬下座位，沿著彎曲的走道蹦蹦跳跳地衝上去，看起來像是急著要上廁所的樣子。教授突然間拿起他正在講授的筆記，啪地一聲將它摔在講台上。

「就這樣啦，偶在星期二會繼續講這堂課。」終於下課了。然後他走下講台，張開雙臂迎向亨利。

「恩利，我的好烹友！有什麼指教嗎？」

簡金斯先生注意到，教授的口音在平常談話的時候比較不明顯，不像講課時那麼聽不懂。

「多地層教授，你一定要幫幫我們！」亨利說：「這件事太重要了，是關於炸彈的事！」

「恩利，什麼炸彈呢？」

「原子彈啊……就是空軍弄丟的那個。」

「噢！湯們弄丟囉一個？那混好。那真素很有趣。」

簡金斯先生不敢相信自己的耳朵：「教授，你該不會完全沒聽說這回事吧。你不看報的嗎？」

「報？什麼報？噢，你素說報紙啊！不看啊，偶從來不看那總東西，看囉心情會混不好啦，而且每件素都會越來越糟糕。在偶的國家，偶們素這樣說的：『沒有消息就素好消息。』所以呢，那勾政府每勾星期都會印出一髒報紙……啊它就素一大髒空白的紙，上面寫著『今天沒有新聞』幾勾大字。如果你想看的話，素可以買一髒啦，不過幾乎沒有倫要買。那個政府發現，這樣的社會比較安定啦。」教授突然放聲大笑，還痛快地拍打「恩利」的背呢。於是，「恩利」向他說明整個炸彈事件的來龍去脈，包括我們如何發現炸彈、空軍為何無法把它弄出洞穴、整個鎮又是如何擔心放射線的問題，還有湖水要抽乾等等每件事情。

「噢，素這樣啊！」教授說：「難怪這勾星期來上課的學生這麼少，大概就素這勾原因吧。你茲道嗎，簡金斯先生，平常桑課的人素比較多啦，通常有五到六勾吧。」

「說真的，教授，我很需要你的幫忙。」亨利向他解釋：「你對草莓湖附近的岩石組成與地層瞭若指掌，對你來說就像是自己的手背一樣，而我們正需要找出……」

「恩利！」教授打斷他的話：「麻煩你把兩隻手放到背後去。」

亨利照做。

「現在告訴偶，恩利，你的兩隻手的手背分別長什麼樣子啊？」

「我……我不太知道耶，」亨利結結巴巴地說：「我沒辦法說清楚。」

「完全正確！」教授說：「恩利，偶跟你說過好多次，科學必須非常精確，偶們必須確切知道每句話的所有涵義才行，所以別再用那種笨方法說話了。如果偶說，偶對那個區域的了解程度，就跟偶對自己祖母的了解素一樣的，那還比較接近事實……不過這種說法還素很蠢啦。」

簡金斯先生走到禮堂的陰暗角落裡，用帽子不斷搧風。他不禁懷疑，亨利到底要叫那個教授幹嘛？等他再度走回可以聽到他們說話的範圍，教授正陷入沉思，一下子彈彈下巴的鬍髭，一下子點點頭。

「恩利，那實在揮常有趣！揮常、揮常有趣！就素這樣啦！現在偶們必須搞清楚空氣到哪裡去了，對吧？」

「是的，老師！而且我們動作要快一點！」

「科學有它自己的步調啊，恩利。」教授說道：「不過，就像你們這勾國家說的，偶們要試試布加勒斯特學院的方法，浩嗎？」

「浩的！」亨利說。

「首先，偶們先到偶的實驗室去，事先想好應該要帶哪些地質圖表去。然後偶們該到你的實驗室去，先研究你跟偶說的那張路線計畫圖，浩嗎？」

「浩的！」亨利說：「不過，我希望你別稱呼它為實驗室啦。」

「沒關係啦！等偶看過它之後，才能確切知道到底素不素。偶們得來個精確的調查，浩嗎？」

「浩的！」亨利說。

「浩的！」簡金斯先生也跟著唱和：「不過，我們得趕快行動了，我還得發稿呢，而可憐的馬其上校……」

「耶，對喔！」教授說：「偶差點忘了。你得跟大家說明，到底發生了什麼問題……對吧？」

「差不多是這樣啦。」簡金斯先生咕噥道。

「浩的！」教授說：「浩的！我們走吧！」然後他帶頭走出禮堂。往教授實驗室的路上，亨利為簡金斯先生做了些補充說明，讓他了解草莓湖裡出了什麼問題。

「你知道的，」亨利說：「他們沒辦法維持洞穴裡的氣體壓力，而上校也說水面沒有任何氣泡浮上來，我知道一定是某個狀況大有問題才會這樣。照理說應該不會發生這種事，可是確實就是發生了。氣體必定是從另外一個通路跑到洞穴外面去了，所以氣壓才沒辦法維持住。因此最大的問題是：要如何找到那個通路？你聽得懂嗎？」

「噢！當然！」簡金斯先生說。

「我聽過一種說法，最初形成湖底洞穴的時候，有時候是由水底冒出來的泉水所造成的。你可以想像一下，水柱不斷噴出來，逐漸把湖底的沉積物質侵蝕掉，然後就變成現在這種洞穴了。」

「對呀！對呀！」

「所以呢，我很自然就想到多地層教授了，他開的地質課在這附近地區進行了很多年的挖掘工作，因此建立了最完整的基礎地質剖面圖，隨便什麼地點都可以在他那兒查到很詳細的資料喔。」

「那當然！那當然！」

「所以呢，如果非找到漏氣的地方不可，教授正是唯一可以解決問題的人。其實機會十分渺茫，不過這是我們唯一的辦法了。」

「機會渺茫，好吧。」簡金斯先生說：「咦？即使你找出漏氣的地方……那接下來要怎麼辦呢？」

「我也不知道，」亨利說：「我會想想辦法啦。」

「我敢保證你一定有辦法！」簡金斯先生說道，然後他樂得大聲狂笑。「這樣好了……假如最後證明是湖底某個地方有洞，那你乾脆把費迪塞進去，然後不停地餵他吃香蕉，一直餵到不再漏氣為止！」

那天晚上真是有趣極了，我們俱樂部從來沒這麼好玩過。多地層教授帶來一大堆超級巨大的圖表和地圖，他和亨利一直趴在地上，拿著游標尺和放大鏡在圖上不知道找些什麼東西，那些名稱我們連唸都唸不出來。其他人則幫忙把

圖表攤平在地板上，或者等教授找過某張圖之後，再幫他把大圖捲起來。

「要找含水層喔，恩利。那種地層標成藍色。」他說：「啊！對啦，你說那個洞有多深啊？」

「大約十五公尺深。」亨利說。

「偶們來看看！那會素……那會素……偶來看看……偶們需要最近一萬年來的集水區圖表。噢！天哪！天哪！偶忘了帶集水區的圖表！」

那天晚上，簡金斯先生開車載教授回大學去拿忘記帶來的東西，足足跑了四趟之多。而麥克康柏先生好幾次跑到鎮中心去買冷飲和點心，傑夫的媽媽則忙著沖熱可可和咖啡。我們俱樂部基地簡直像是自動販賣機附近的地上，真是一團混亂啊！

多地層教授有個很好笑的習慣，如果有人轉過頭來跟他說話，他會嚇得團團轉、兩隻眼睛瞪得老大，單片眼鏡便從左眼掉下來，而他總是在鏡片掉落地板前一刻用鞋尖托住它，動作簡直像全自動一般熟練。有一次，麥克康柏先生輕敲他的肩膀，想要端一杯咖啡給他，結果鏡片一不小心就掉到杯子裡去了。

「啊，教授，真是抱歉！我有點笨手笨腳。」麥克康柏先生說。

「沒有關係啦。」教授說，他把手指頭伸進熱騰騰的咖啡裡，將鏡片撈出來。「咖啡素很好的清潔劑呢。如果你們不相信，試試看倒些咖啡在廚房的地板上，你就會明白啦。哎喲！好燙！如果鏡片掉到地上就慘了，新鏡片實在很難買到耶，上回我打破一個鏡片，結果新鏡片花了八個月的時間才從倫敦運到這裡來！」

那天晚上差不多就是這樣。亨利和教授不停地來回尋找，從圖表找到地圖，又回頭翻開圖表繼續找；亨利先前不是在工程地圖上標示了許多記號嗎？於是他們兩人便將搜尋的結果跟那些記號做比對。教授提出一個理論，他認為附近應該有一道古老而乾涸的含水層，早先新鮮的水就由這個地層注入洞穴內，因此灌入洞穴的氣體可能便由這道含水層逸散出去。因此，今晚的工作重點便是找出與洞穴形成時間相仿的集水區，然後在教授的圖表上看看可能性最高的古老含水層到底是哪一條。如今，這道地層的終點可能位於草莓湖四周的山丘上，因此他們必須進行各種比對，找出地層可能露出地表的位置。教授向我們解釋，對一般人來說，這種含水層似乎沒什麼了不起，不過它可是地下水流動的通道，而地層的終點便是地下水初次流出地表或噴出地面的地方。雖然大家都非常疲累，不過沒有人抱怨。教授終於站起身來時，已經有些人先回家睡覺了。教授在工程地圖上畫了一個紅圈，位置是草莓湖的東北方。

「偶想，那個地方滴可能性最高，恩利。」他說：「不過，明天早上偶們必須到那裡實地調查一番。」

亨利把游標尺的尺尖放進教授畫的紅圈裡。「我知道，那裡有個大型採石場，就在那座小丘的山坡上。」他說：「或許，我們先從那裡找起好了。」

「喔，那裡的可能性混高喔。」教授說：「你開挖了一個大洞，破壞了天然的集水區，而這可能就素地層乾掉的原因啦。」

「這樣啊，那麼如果明天早上要去實地勘查，就應該到那上面去看看囉。」亨利說。

「好主意！」教授說：「恩利，乾脆你自己去就好了！」

「我自己去？教授你不去嗎？我很需要聽你的意見耶。」

「偶想，偶該回去睡個覺了，恩利。晚安！」教授從牆上抓下一個舊馬鞍，用來撐住他的頭，而他一走出去，幾乎就開始打起鼾來了。然後他既沒張開眼睛，也沒停下鼾聲，伸手便把左眼窩上的單眼鏡片取下來，讓它滑入外套胸口的口袋裡。

天剛破曉，幾乎所有人都回到俱樂部，麥克康柏先生也買了咖啡和熱巧克力來，於是我們就不必叫醒傑夫的媽媽了。他說他遲到了一下子，還向我們道歉呢。

「我連續找了三家晚上不打烊的咖啡店，可是沒人要幫我做一份鮪魚花生醬三明治給費迪吃。」他說。

接下來的三個小時，我們在草莓湖東北方的山麓丘陵上四處勘查，幫亨利和教授確認昨天晚上在圖表上搜尋的確切位置。教授仔細觀察眼前的景象，他斜眼盯著測量用的經緯儀，衣襬隨著晨風飛揚，兩隻手指頭夾住單眼鏡片垂放身後，而頭上斜斜戴了頂軟氈帽，模樣甚是俏皮。等亨利在確切的位置放好瞄準桿後，他就會說：「噢，這樣啊！」然後他會在本子上做個記錄，再順順那

上了蠟的八字鬍；每回他傾身觀看經緯儀，鬍子就會變得亂七八糟。

「恩利！」教授終於說：「偶想，就素這裡，絕對沒問題啦。注入洞穴的水就來自這上面的採石場，而且這素唯一的地方啦。」

「唯一的地方？」亨利問道。

「唯一的地方！」教授覆述了一次：「我願意拿我的專業聲望來打賭！」

「哇塞！太棒了。」亨利說：「這樣一來，事情就單純多了。」

「沒錯！就是這樣！」傑夫說：「所以，亨利，我們現在要做什麼呢？我們到上面去看看吧，或許可以找到一個洞口，或者是洞穴之類的東西。」

「假如真的找到呢？」麥克康柏先生問：「你要拿那個洞怎麼辦？你又能做些什麼呢？亨利，我實在搞不懂這樣到底要怎麼辦？」

「此刻完全無計可施。」亨利說：「眼前就是要趕緊到空軍基地去，跟馬其上校報告這件事！現在是早上八點，所剩的時間已經不多了。」

大家爬上山丘，遇到比較陡的地方，傑夫和莫泰蒙用力把多地層教授推上去，而麥克康柏先生氣喘吁吁地跟在後面，只有費迪一直跟他作伴。等我們終於抵達採石場的邊緣時，教授不禁張開雙臂大聲呼喊：「看哪，恩利！這真素太壯觀、太不可思議了！偶早跟你說過吧！」

我們全都看得目瞪口呆，毫無疑問的，這真是太不可思議了！採石場周圍側壁全都佈滿了孔洞、裂縫、洞窟，而岩石表面還有各式各樣清楚可見的橫向裂隙！

「這真素太壯觀了！俗在太壯觀了！」教授一次又一次說道：「就附近來說，這裡素重要的集水點哩。而多虧有那些幹粗活的採石者，這個景象才得以展現在偶眼前哪。這素一個重大的發現，偶應該到這裡來好好記錄一番。啊，恩利，偶真該謝謝你，讓偶發現這裡呢！多地層教授未來好多年都要到這裡來上課囉！」

我們全都看著亨利，這回他的臉差不多要鑽到地底下去了。「這下可好了，教授，」他忍不住發牢騷：「到底哪個洞會通到炸彈那個洞穴呢？我們要怎麼把它找出來呢？」

「那就留給你來傷腦筋啦，恩利。」教授說：「偶已經幫你找到地方了，偶只能幫學生做到這個地步，而學生到底從偶這裡學到多少，就要看你們自己了！現在呢，偶要請求各位的諒解，偶必須回辦公室去準備下禮拜的課啦！」

於是教授邁開步伐走下山，往火雞山路那邊越走越遠了。

「你最好跟他下去，」亨利對簡金斯先生說：「開車載他回大學去。」

「可是你怎麼辦，亨利？你打算怎麼做呢？」

「不曉得哪個孔會通到炸彈所在的洞穴，我得趕緊想想辦法啊！」

「亨利，你瘋了嗎？」傑夫說：「你怎麼可能找得到啊？」

「我是有個點子啦，」亨利說：「如果馬其上校跟我們合作，或許他們可以在今天之內把炸彈撈出來。」

「如果今天撈不出來，馬其上校就完蛋了。」麥克康柏先生說：「亨利，你打算怎麼做？」

「如果你能帶我去找馬其上校，我就把整個計畫告訴你。」亨利說。

「好吧，跟我來！」麥克康柏先生嘀咕道。於是他帶頭跟在多地層教授的後面，迅速衝到山丘下面去。

簡金斯先生放我們在空軍基地下車，然後他載教授回大學去。這回要進入基地就沒有任何困難了，麥克康柏先生從大門口的崗哨亭打電話給馬其上校，沒多久就出現一輛吉普車，護送我們到他的辦公室去。坐在上校辦公室外面的中尉拉長了下巴，看起來悶悶不樂的樣子，不過他還是很有禮貌地起身歡迎我們。

「上校今天早上心情不太好，」他說：「他已經跟華盛頓方面足足講了一小時的電話。如果你們要跟他講任何壞消息，我看只要寫信告訴他就好了。」

「真希望我們帶來的是好消息，」麥克康柏先生說：「其實還不知道算不算呢。」

中尉又仔細看了他一眼，那眼神彷彿認為麥克康柏先生是個笨蛋，然後他便帶領我們進入上校的辦公室。馬其上校看起來既疲累又憂心的樣子，我覺得心裡真是非常過意不去，不過當他示意要我們坐下時，臉上還是勉強擠出了一點笑容。等我們坐下之後，陸軍工兵的克拉默少校也走進房間。

「我邀請克拉默少校加入我們的討論，」上校向我們說明：「因為我猜想，亨利八成又有什麼稀奇古怪的點子要叫我們聽聽。請開始吧，亨利，反正我整個早上從華盛頓聽來一大堆愚蠢透頂的點子，你說的任何想法都不會比他們更蠢啦。」

於是亨利開始解釋他的氣體逸出洞穴理論，還說我們幾乎整個晚上都與多地層教授一起工作，目的是要找出與此相關的地下水層，而從前的流水便是經由這道地層流入炸彈所在的洞穴中。亨利也描述了坑坑洞洞的採石場側壁，說那看起來真像是一塊瑞士乳酪，令人瞠目結舌。亨利說話的時候，麥克康柏先生不停地點頭，嘴裡也不斷附和，證實亨利所說的每一件事。

「我得承認，這個想法十分大膽，說不定成功的機會只有千分之一，」亨利說：「不過，我們總得試試看。假使我們真能在採石場的側壁找到某個孔洞，證實它的確通往湖裡的洞穴……說不定可以用石頭或灰漿把洞給堵起來，這樣就可以維持洞穴裡的氣體壓力了。」

馬其上校坐在辦公桌旁，用雙手支著頭。「到底要塞住哪個孔，你怎麼可能知道啊？」他問道。

「這就是我們需要您幫忙的地方了，」亨利說。

「你要我幫什麼忙呢……叫一堆人爬進所有的洞裡，然後看他們從哪裡爬出來嗎？」

「不是，」亨利說：「不過，比那樣還要簡單噢。」於是他轉身看著克拉默少校，問道：「長官，請問您有化學煙霧和煙幕產生器嗎？」

克拉默少校以困惑的神情望著馬其上校。「嗯！」他說：「很不巧，長毛象瀑布鎮沒有此類設備。」

馬其上校突然抬起頭來。他的雙眼閃現一絲光芒，於是他站起身。「從這裡出發，要到多遠的地方才能找到煙幕產生器？」他幾乎是指著克拉默少校大聲狂吼。

少校顧不得形象，狼狽地由椅子上爬起來，以立正姿勢站好。「我可以從亞伯丁找到一台，如果以飛機載運，大約要二到三小時的時間。」少校回答。

「當然有飛機可以載！」上校說：「你快點打電話！」於是他從桌上拿起電話，把它交給少校。

「亨利！我想我知道你打的是什麼主意了，真是個高明的想法！我們該把化學煙霧打進洞穴裡，看看是否會從採石場側壁的某個洞口冒出來，對吧？」

「或者從洞穴和採石場之間的任何地方冒出來。」亨利說：「我想，當你灌氣體進去時，最好能派幾架直昇機在附近上空盤旋。當然也應該派一組人在採石場待命，只要一有煙霧冒出來，就趕緊把孔洞堵起來。根據多地層教授的判斷，那裡是可能性最高的地方。」

馬其上校對著桌上的對講機說話。「立刻把艾波頓少校和康寧漢上尉叫進來！」他跟中尉說。然後他對克拉默少校說：「叫亞伯丁送兩台煙幕產生器過來，如果只有一台，萬一故障就慘了，我們絕不能浪費任何一點時間。注意煙霧一定要足夠，氣體從另一端鑽出來之前，不知道要灌多少氣體進去才夠。」

「請確認一下，他們送過來的煙霧絕對不能溶於水，」亨利補充說道：「那很重要喔。喔！還有，顏色最好是亮橘色，比較容易看見。」

「哇，亨利，你想得真周到呢！」上校說。

「我常常跟其他人這樣說啊。」丁奇說道。

麥克康柏先生站起身說：「上校，現在我最好把這些小孩帶走。你有一大堆事要忙，還要下一大堆的指令吧。我先預祝你一切成功，順利把炸彈弄出來，這不只是為了鎮上的所有居民好，同樣也是為了你好。相信我，我知道你會做得很好啦。」然後他走向前跟上校握握手。

「謝謝你，麥克康柏先生。」上校說：「我有預感，這次你有報導可以寫了。如果有任何地方幫得上忙，不要客氣，請儘管告訴我吧。」

「上校您不必擔心我們啦。我會一直跟這些孩子在一起，因為這可是我的獨家大新聞呢。我才應該請問您，在這整個過程中，是否有任何地方需要我幫忙呢？」

「報導事實就好。」上校說，然後把手伸進口袋裡，拿了五毛錢丟給麥克康柏先生。「幫我多買些香蕉給那個胖小子吃，把他一整天都塞得飽飽的。」

「我想半毛錢是絕對不夠的啦，」麥克康柏先生說：「不夠的部分，我就幫你出吧。」

從那時候開始，事情的進展就相當順利了。我們離開基地回到俱樂部，而史基摩中士馬上就開著吉普車出現了。

「上校吩咐我，要我一整天都跟你們在一起。」他說：「他已經派一些人到採石場去了，而卡森堡也會派遣一小隊的陸軍山區作戰部隊飛到這裡來。他們應該在中午之前就會到達。」

簡金斯先生也回來了，我們七嘴八舌地把事情的原委全部告訴他。

「哇，亨利，聽起來是個很棒的計畫呢！」他說：「不過這下我可要傷腦筋了。我想到山上拍攝煙霧從採石場側壁冒出來的鏡頭……可是我又想從碎石機那裡拍攝打撈作業的畫面。我得趕快找到另一個攝影小組來幫忙！」

傑夫帶簡金斯先生到家裡，讓他打電話給克林頓鎮的「我看電視台」。簡金斯先生說他們不只願意出借攝影小組，還打算租下一架直昇機，派遣攝影小組飛到上空盤旋一整天。

「那樣沒有太多好處啦。」傑夫說：「我猜想，當空軍打撈炸彈時，他們絕不會允許任何人飛越湖面上空。而且我敢打賭，他們不會讓任何飛機進入方圓八公里的範圍之內。」

「那是當然的了！」史基摩中士說：「整個禮拜以來，那裡也都是空中管制區域。」

「我知道啦，」簡金斯先生說。「可是我如果不建議他們這樣做，他們就不會出借攝影小組給我了。」

「亨利，那我們現在要做什麼呢？」麥克康柏先生說。

「我想，我們只要放輕鬆，等著欣賞這場表演就好了。」亨利說：「我也不知道接下來還要做什麼，現在全看空軍表演了。不過，如果沒等到橘色氣體從採石場的孔洞裡冒出來，我可能也沒辦法完全鬆一口氣吧。」

「我也是啊！」傑夫說：「大家出發吧。假如你的想法確實可行，而且他們也把孔洞堵起來了，我們還有足夠的時間爬到鋅礦場上面，到那兒去觀看整個打撈過程。」

「嘿，等一下！」簡金斯先生說：「我的旅行車一旦塞滿裝備，就沒辦法爬到鋅礦場上面去了。你得幫忙才行。」

「沒問題！」傑夫說：「我跟你一起去，記得也開吉普車載發電機上去。

那麼大家出發吧，或許我還可以及時趕回採石場。」

「你大概還有兩個小時的時間，」史基摩中士跟他說：「他們預計那兩台煙幕產生器要到中午左右才會到達。」

到了中午，傑夫和簡金斯先生到達採石場與我們會合，而矮子攝影師則留在碎石機那邊，丁奇也在那裡跟他作伴，幫他把攝影器材架設妥當。傑夫他們說，打撈作業小組早在十點半就展開行動，而他們下山時看到一艘船剛剛離開碼頭，碼頭旁邊則停了一輛大型的空軍卡車。他們猜想，那艘船可能載了兩台煙幕產生器，駛向陸軍的平底船。

「哇塞！」荷馬大聲叫道：「說不定馬上就有好戲上場了！」

他說得沒錯。不知道為什麼，這句話似乎傳遍整個鎮上，人人都知道採石場上面有事要發生了。我們看到一小群人奮力爬上山丘、翻越採石場的邊緣，他們問附近的空軍士兵是否知道發生了什麼事，而面對這種情形，幾乎所有的士兵都對他們說：「哎呀，先生！這可難倒我了！如果你知道發生什麼事，麻煩告訴我，如何？」

沒過多久之後，就連斯桂格鎮長和查理．布朗也奮力爬上山丘，後面還跟著幾位鎮議會議員；他們似乎知道發生了什麼事，因為他們沒有問任何問題。啊，那是當然的了，我們知道馬其上校在鎮公所派置一名聯絡官，那人的任務就只是把空軍的行動內容告知鎮長。

史基摩中士那輛吉普車的無線電開始劈啪作響，中士趕緊跑過去。原來是馬其上校要我們知道，煙幕產生器已經抵達現場了，一旦工程人員將它與壓縮機接好，並且測試幾次、準備妥當之後，他們便立刻開始將煙幕打入洞穴中。根據上校的估計，他們應該會在一點以前展開行動。聽到這個消息，我們全都像瓶塞爆掉一樣忍不住低聲歡呼，還高興地又蹦又跳；待在採石場邊緣附近的人們無不望向我們這兒，有些人還晃到這裡來。

駐守在採石場的其他空軍士兵，同一時間也透過指揮通訊網得到這個消息，而我們聽到其中有個人拿著無線電手機，將消息傳達給派駐在採石場底部的人員。一堆民眾擠在他身旁，想聽他到底說些什麼，逼得他只好命令大家向後退，免得人群把他推到邊緣外面去了。於是陸軍山區作戰部隊開始進行準備工作，他們把攤在地上的裝備全都檢查一番。這時候，頭頂上突然有一架大型的貨運直昇機飛抵上空，而地面有個區域已經事先將矮樹叢和石頭清除乾淨，上面鋪設的尼龍軟墊漆成國際通用的橘色，於是直昇機便降落在這裡。整個地方好像突然甦醒過來一樣，你甚至可以感覺到空氣中充滿興奮之情。

我同時還感覺到其他的事物。是莫泰蒙，他拍拍我的肩膀，胡亂指著採石場東邊的樹林。在樹林間一條狹窄的小徑上，竟然出現了多地層教授的身影，他仍是整整齊齊地戴著黑色的軟氈帽、拿著手杖，而他身後四散著一群五顏六色的學生，人人穿著一身你可以想像到的各式禮服……不過還是有少數人沒穿成那樣。教授帶領學生走到採石場邊緣的右側，他用手杖揮了揮，指出大家可以落坐的地方，而到這時候他才恍然發現，原來他們並不是這地方唯一的一群人！他把單眼鏡片從眼窩上取下來，吃驚地用手捂著嘴巴，環視週遭聚集在谷地裡的各式人群。然後他轉過頭跟學生說話。

「你們看！這勾地方已經很出名了喔！」他不禁大吼：「總有一天，你們會回到這兒，然後會發現這裡命名為『多地層採石場』囉！」於是他開始講解採石場側壁露出的地質特色，完全無視於圍繞他身邊的一堆人。

沒過多久，無線電又劈啪響起。是馬其上校要告訴我們，他們已經開始灌注氣體了。我感覺到心臟狂跳、砰砰作響，而我猜其他人也都跟我一樣。大家全都直覺地移動到採石場邊緣凝視全景，希望眼睛能夠同時注意全部的孔洞。我們很快就發現這種想法實在蠢斃了，因此改成每兩個人一組，分別坐在谷地邊緣的不同位置，這樣才能集中注意力觀察採石場的南壁及西壁。我和亨利剛好分成同一組，而我隨身帶了一支雙筒望遠鏡，於是兩人輪流用它仔細觀察。

空軍士兵也在採石場底部和邊緣的各個地方耐心檢查，採取的方式跟我們大同小異，不過他們還要做許多事。有三組人馬沿著採石場邊緣巡邏，手上拎著煙霧偵測器，器材以長繩繫住，垂放到採石場裡進行偵測。底部還有另外三組人員，他們手裡的長竿鑲有偵測器，可以用來掃測採石場的側壁。

時間一分一秒蝸步前行，情況依舊，而我的心臟也砰砰跳個不停。空軍士兵依舊沿著採石場的邊緣及底部來回走動，他們拿著煙霧偵測器掃過每個孔洞，每一個伸手可測的洞都不放過。那些對整個情況一無所知、跑來一探究竟的好奇民眾，則是把眼光從一個洞移到另一個洞，盡可能地快速掃描而過，深怕遺漏了任何一場好戲。而多地層教授則是繼續講課，他說話的時候，手杖戳著地面凹處嘟嘟作響。

指揮通訊網吱吱嘎嘎響了好幾次，原來是某艘巡邏艇上的軍官想知道，這裡是否已經看到煙霧的蹤跡，而負責通訊的中士每次都回以否定的答案。

然後，突然間，採石場底部有個空軍士兵開始喊叫：「我這裡有讀數，中士！我這裡有讀數！」

所有人的目光一起轉向採石場的西南角，有個空軍士兵站在那兒，他手裡的煙霧偵測器放在一個尖凸狀洞口之外，就在側壁上方約六公尺高處。

「你確定嗎？」中士站在邊緣高處向下叫道：「好好檢查一下！哈里森也到那裡去！看看你是否也有同樣的讀數！我什麼也沒看到啊！」

另一個空軍士兵踉踉蹌蹌地繞過一塊岩石，正打算把他的偵測器移到同一個洞口，不過還沒等到他衝過去，就可以看到一股淡黃色的氣體從洞口冒出來了。它慢慢地變濃，顏色變深，最後變得完全不需懷疑了，亮橘色的煙霧彷彿鬼影一般，沿著採石場的側壁繚繞而上！

山谷邊緣響起一陣驚人的歡呼聲，聲音甚至在側壁間不斷迴盪。這時候煙霧原本的模樣已逐漸消失，繚繞曲折的煙影轉變成厚實而不斷翻騰的霧雲，而且朝向四面八方擴散出去。多地層教授在歡呼聲中快樂地團團轉，他一隻手拿著單眼鏡片，另一手則舉著手杖，天空襯托著他那雙臂高舉的剪影。等到歡呼聲逐漸消失後，他在一片靜默中大聲喊道：

「我發現火山了！我發現火山了！」

這時無線電又劈啪響起，史基摩中士和負責指揮步兵的中士同時喊道：

「切掉煙幕！切掉煙幕！我們找到了！我們找到了！」

我和亨利互相擁抱又蹦又跳，我們也看到斯桂格鎮長和查理．布朗在採石場的另一頭彼此握手，他們也和其他的鎮議員握手慶賀。即使是對整個情況摸不著頭緒的人，似乎都感受到有重大的事情發生了。

我們及時跑回史基摩中士的無線電旁，剛好聽見馬其上校說：「請轉告亞當斯中士，我們還不會切掉煙幕，直到你們能夠確定煙霧沒有從其他孔洞冒出

來為止。我們已經沒有時間了，絕對不能犯任何錯誤。」

史基摩中士對著亞當斯中士大吼，其實亞當斯已由指揮通訊網得到同樣的訊息了，因此他也扯著嗓子吼回來：「好啦！好啦！我們會仔細檢查啦！」

我們全都站在坑口邊緣，死盯著冒出煙霧的洞口，那煙霧繼續翻騰而出，毫無疑問地，煙霧只從那唯一的地方冒出來。

「好極了！」消息回報給馬其上校時，他這樣說道：「這樣工作起來就比較簡單了。我們即將切掉煙幕。也請你們把坑洞堵起來，再告訴我們何時要開始灌注空氣。現在動作快一點！我們可沒有一整天可以摸魚啊！」

「收到了，長官！」史基摩中士回答。我們也聽見亞當斯中士開始狂吼，他下了一連串的命令：「好啦！各位弟兄！翻過側壁！把鷹架吊好！開始動手！好，繼續！中士，快一點！命令第一架直昇機趕快過來，在旁邊待命！」

整個現場生氣蓬勃，許多人跑來跑去，而山區作戰部隊開始沿邊安裝爪鉤和吊繩。有個看起來很像畫架的東西向下垂吊至洞口處，隨後有兩個人攀著繩子下降；採石場邊緣的人員用繩子垂吊一些桶子到底部，而底部的其他人則忙著收集石頭，把它們裝成桶。他們在很短的時間內就完成這些工作，過沒多久，我們就聽見大型直昇機那規律的轟隆聲，而當它一出現在樹梢，馬上就有兩名空軍士兵引導它輕輕鬆鬆降落在預定目標上。直昇機裡搬出一桶桶剛剛才混合好的預拌水泥，工作人員立刻將它們搬到採石場的邊緣，然後沿著側壁向下垂降。鷹架上的兩個人忙個不停，他們拼命將石頭塞進裂孔裡，然後在四周填塞濕濕的水泥。

沒多久，孔洞就填起來了，從外面看起來像是一面平滑的水泥壁。然後那兩個人又塞了各種小小尖尖的東西到水泥裡面去，並在上面鉤了許多金屬絲。

「那是在幹嘛？」我問亨利。

「我猜測，」亨利說：「那些東西是感應器，其中有些是濕度感應器，有些則是溫度計，藉此他們才能知道水泥到底乾了沒。而且我敢打賭，他們也放了一些張力計在裡面；如果沒有，他們最好要放一些進去，因為一旦開始對湖裡的洞穴加壓時，他們必須知道那個水泥栓是否能夠承受壓力。」

等到水泥補釘一完工，就不需要再把工作人員吊在側壁上了，除非有人想要隨時觀察補釘是否失去作用。因此，我們一起下山回到火雞山路上。除了空軍士兵之外，剛才待在山上的其他人也都跟著下山了。多地層教授仍在山上講課，他對於所有人都已離開的情形完全無動於衷，也無視於煙霧早已不再從採石場的側壁冒出來。

「嗯，亨利，」我們小心走下山坡時，麥克康柏先生說：「此刻我們再度接近真理了。我們馬上就會知道教科書是否正確，對吧？」

亨利的臉有點兒紅。「真希望那是唯一可以讓空氣漏出去的地方。從這裡到湖邊有好幾架直昇機正在監看吧，我們還沒有收到它們的回報呢。」

結果馬上就收到了。幾乎就在我們抵達吉普車的同時，馬其上校就用無線電呼叫，他跟我們說，他們等到水泥的強度夠大時，就開始打氣進去，而結果令人十分滿意。根據工程人員的估計，大概再灌個一小時就夠了。

於是我們先等麥克康柏先生在布里斯托旅館把報導發出去，簡金斯先生也將他拍好的片子送去克林頓鎮了，然後我們立刻出發，展開廢棄鋅礦場碎石機的第三次遠征之行。那個地方開始有點像是我們的第二個家了。

「我真希望這是我最後一次爬到上面來。」麥克康柏先生嘀咕道，他費盡了九牛二虎之力，才把龐大的身軀拖到通道的階梯頂端。「你們知道嗎？我忘記帶漢堡來了。」

所有人笑成一團，只有費迪笑不出來，他從襯衫裡拉出一根香蕉，故意在我們面前用很誇張的動作咬了一大口。

「費迪，有沒有什麼東西是你不喜歡吃的啊？」簡金斯先生問他。

「當然有！」費迪說：「醫生說，我的飲食裡面應該要多一點鐵質，可是我沒辦法咬那種東西啊！」

麥克康柏先生笑得太過激烈，竟然癱在通道上爬不起來，我們只好扶他站起來，把他拖到電視監視器旁邊坐下。

正如上校的預測，打氣的程序恰於兩點三十分展開，而我們全都坐在碎石機上，眼睛死黏住監視器不放。為了亨利的名譽著想，我們全都緊握雙手、十指交扣，祈禱採石場的水泥可千萬要挺住啊。這次的打氣過程進行得比較慢，馬其上校也由無線電向我們解釋原因，他們要慢慢增加氣壓，而且一次次暫停下來，等待採石場小組由無線電回報最新的張力計讀數。我們繼續看著螢幕，也繼續等待。

最後，巡邏艇的甲板終於出現一陣小小的騷動，馬其上校走過去跟克拉默少校握手，還拍拍他的背。然後他轉身跑進控制室。

「亨利！」他的聲音從我們身旁的擴音器傳來：「我也應該跟你握握手呀！我們認為壓力應該足夠了，馬上就會派遣潛水人員潛到洞穴裡去。亨利，握緊雙手好好祈禱吧！」

「這不需要他來提醒吧，」莫泰蒙尖聲說道：「我的手指關節都已經用力到發白了啦！」

我曾經試著在水裡屏住呼吸，印象中的最佳紀錄是十分鐘。不過，那天下午我刷新了自己的紀錄，因為潛水人員進入洞穴再浮出水面所花的時間，絕對比十分鐘要長許多。等他們浮出水面，巡邏艇的甲板顯然陷入一片歡騰的氣氛。當上校的聲音由無線電傳來時，我們幾乎都知道他會說些什麼了，不過大家還是十指緊握，一直等到親耳聽見為止。

「亨利，我們成功了！」他幾乎扯著嗓子嘶吼：「噢……應該說是你成功了……潛水人員說洞穴裡面已經沒有水了，而我們已經著手進行下一步工作。繼續祈禱吧！」

「我不行了！我不行了！」莫泰蒙尖聲叫道：「我已經神經衰弱了啦！」其餘的工作大概花了三個小時。我們盯著巡邏艇的甲板、平底船的甲板、空無一物的水面……實在無聊透頂，因此只能想像水面下十五公尺深的地方可能發生什麼事。不過，最偉大的時刻終將來臨。隨著馬其上校一點一點地報告進展，我們熱切注視著水面上的動靜，最後終於出現一個再明顯不過的渦流了。接下來，兩個救生筏托住一個條板箱，突然間冒出水面，載浮載沉了好幾秒。

看到這情景，全部人立刻興奮地跳起來，不斷地尖叫、狂吼、嘶喊，還又蹦又跳，就連麥克康柏先生也稍稍提起腳跟，高興地直拍手。至於碎石機的老舊通道怎麼承受得住，我實在也搞不清楚。每個人都狠狠拍打亨利的背，害他連膝蓋都站不直了。而後無線電又吱嘎作響。

「亨利！我們成功了！」上校大吼大叫：「就從現在開始，湖面上可以盡情航行，你們也可以回家了。亨利，我可要好好的謝謝你，不過我現在沒有時間呢。可以邀請你們諸位到空軍基地來找我嗎？明天中午如何？」

亨利很難回答這種問題，而莫泰蒙則是脫口便說出：「沒問題，長官！」然後他對著電視螢幕，突然間啪地一聲做了個乾淨俐落的立正敬禮姿勢。

於是，我們幫矮子把所有的器材搬下碎石機，再運回鎮上去。街頭巷尾早已擠滿了人群，顯然大家都知道炸彈已經撈出來了。空軍方面想必會以卡車將炸彈從碼頭運回空軍基地，於是大家都想爭睹卡車的風采。當然，他們的確看到卡車了，不過車上根本就沒有炸彈，而我們也是後來才聽說的。馬其上校並不是故意要戲弄大家，只不過像他那麼聰明的人，才不會拖著一顆原子彈穿越小鎮的鬧區呢。他把炸彈放在陸軍工兵的平底船上，把它載運到草莓湖的東北角，有輛卡車等在那裡，負責載送這個「核子裝置」回到空軍基地；先前炸彈在起大霧那天掉進水裡時，我、傑夫和哈蒙就是從東北角這個地點登上湖岸。而原本運送煙幕產生器到碼頭的那輛卡車，便在同一時間開著空車，以緩慢的速度遊行經過鎮上，旁邊還有兩輛空軍憲兵的吉普車護送它回到空軍基地，沿路圍觀的鎮民莫不興奮地歡呼叫好。

這時候，我們大夥兒都累壞了，大家只想趕緊回家睡大頭覺。我想得起來的下一件事，就是我媽又用廚房的長柄刷猛戳我的背。

「你這個懶鬼，起床了！你會害我來不及上教堂啦！」

「哦啊啊……幾點……媽，幾點現在？」

「你是問現在幾點嗎？」

「哦啊啊……我不……哦啊啊……不知道啦……」

「你連問個問題都沒辦法好好問耶！喂，誰都會以為你跟棉被結婚了啦，瞧你抱棉被抱成那副德性。快點起來啦，去用冷水洗洗臉！」

「哦，媽！」

我渾身軟綿綿，爬不起來，不過倒是可以滾下床，結果就摔到地上去了。

「你難道不能用更好的方法起床嗎？」我媽說，她又用長柄刷猛力亂戳。

「簡金斯先生剛剛打電話來，他會在十一點四十五分到我們家，順便載你去西港空軍基地。」

「天哪！」我大叫一聲跳起來：「媽，現在幾點了？」

「十一點四十五分。」她回答，然後便走出房間。

其實還沒到啦，那時候是十一點十五分，所以我還有時間撫平一頭亂髮，然後穿上最好的衣服。簡金斯先生抵達時，後面還跟了一輛空軍的轎車，車上只坐了一半的人，於是我爬進空軍轎車，坐在座位上，終於不必再像平常那樣，只能躺在那輛旅行車後座的地板上了。

我們直奔馬其上校的辦公室。他先花了十五分鐘謝謝我們所有人給他的協助，而聊起這整個禮拜發生的趣事時，他還忍不住開了幾個玩笑。

「好戲終於演完了。」他說：「像是歐克白先生的西瓜，還有女士遊行那些事，我總算可以置之一笑囉。鎮民努力要把想法傳達給我們，他們的招數實在很厲害呢。現在呢，請各位跟著我來，我們還有一些正經事要處理。」

他帶頭走出辦公室。總部大樓前面的路邊停了一整排車，我們神氣活現地坐上車，前面還有摩托車開路喔。最後，車隊在一棟建築物前面停下來，房子的門上有個招牌寫著：「西港空軍基地軍官高級食堂」。

「他們應該把這種招牌拿下來，」丁奇說：「怎麼會有人在禮堂吃飯啊？」

「你真是個超級大笨蛋！」費迪說：「食堂是指大家一起吃飯的地方啦。」

「一般人不是在桌上吃飯嗎？他們為什麼跟一般人不一樣呢？」

「噢，我的天哪！」費迪緊握拳頭說道：「嘿，你知道嗎？我猜他們要把我們餵得飽飽的喔！」

這句話還不夠精確。有人迎接我們進入一個巨大的餐廳，裡頭擺了許多宴會用的長桌，而且大約已經有兩百個人入席了。馬其上校帶我們坐上主桌，這時候餐廳裡的所有人全都起立鼓掌。我已經滿臉通紅，而且恨不得立刻鑽到地板下面去，而我們其他的人一定都跟我一樣。那把夢境裡的達摩克利茲之劍又回來找我了，於是我下意識地用雙手護住身體，深怕褲子不知何時又會掉下去。馬其上校簡短致詞，表示歡迎大家的蒞臨，他並向大家解釋，這場午宴是為了慶祝炸彈打撈作業順利完成，同時也要為長毛象瀑布鎮的「瘋狂科學家」致上最高的敬意……我們這夥人的臉又全部變成亮紅色，我只能死盯著地上不敢抬頭。然後他請大家開始享用餐點，於是大批服務生一擁而上，端上來的東西從熱湯到牙籤什麼都有。當然啦，烤牛肉是絕對不會缺席的，還有多得不像話的賈斯帕．歐克白牌西瓜，我看到費迪正在狼吞虎嚥吃個不停，而我卻連一口都吞不下。

斯桂格鎮長和鎮議會的全體議員也都在場，甚至連霍金斯眾議員、艾比．拉拉比，以及我們在鎮上見過的許多記者和攝影師也都獲邀參加。有一位胸膛上飾有二十公分長綬帶的空軍將領坐在馬其上校旁邊，主桌還坐了幾位看起來很重要的人物，後來經過介紹才知道他們是來自華盛頓的官員。馬其上校說，空軍次長也派了他的助手代表出席。

等大家都把自己餵飽了，一段段演說於焉展開；當然啦，演說也是多得不像話，台上的每個人都極力陳述自己對於所有重要事件的獨特觀點，而他們不停地互相恭維與讚美，幾乎讓人把先前所有不愉快的事情都拋到九霄雲外去了。我好想去上廁所，而且憋到腳趾頭彎得發疼，可是我不敢離開座位，只好咬緊牙關憋得滿頭大汗。丁奇的方法倒是挺不錯，他乾脆趴在桌上睡他的大頭覺，而根本沒人注意到他。

最後，馬其上校終於向大家介紹將軍。將軍起身宣讀一封信，他才剛把這封信寄給空軍的「勳章暨榮譽頒授委員會」，內容是推薦「瘋狂科學俱樂部」全體七位成員獲頒「績優服務獎章」，表彰我們對於炸彈定位及打撈作業的大力協助。而他也說，他有十足的信心，相信這項獎章一定可以獲准頒發。於是所有人又起身鼓掌歡呼，好幾個人還高喊：「講點話吧！講點話吧！」我們幾個人面面相覷，大家同時都用拇指示意亨利的方向。亨利終於同意站起身來，他紅著臉，結結巴巴地撐了一會兒，最後勉強擠出兩句話：「謝謝大家！希望大家用餐愉快。」於是他坐下來，而所有人再度向他鼓掌。

隨後，大家簇擁我們走出門外，而亨利更獲邀與馬其上校和將軍一同搭車。那輛車絕對是史上最炫的吉普車，它的輪子和保險桿都鍍了鉻，上面畫了三顆銀色的星星，擋泥板還插了兩支藍色的旗子，旗子上面也有三顆白色的星星。大家簇擁我們其他人走向一輛空軍的平底貨車，整輛車插滿了藍色與黃色的旗幟，而且車身兩邊還懸掛巨大的標語，上面寫著：「長毛象瀑布鎮，我們愛你！這裡是我們的家園！」接下來，我只記得自己突然身在遊行隊伍中。我們坐在貨車中央凸起的平台上，周圍環繞著空軍儀隊，他們以立正姿勢站得筆挺。車子慢慢開進鎮上，而一路上還有各式交通工具和樂隊加入我們的行列。長毛象瀑布鎮從未見過這般陣仗……而大家也還是沒見過，因為幾乎所有人都加入遊行隊伍之中，只有少數三、四個人跑到人行道上觀看這個情景。喔，還有一群小狗。反正那天真是有趣極了，我們高興地歡呼鬼叫，而狗狗也對著路過的每樣東西狂追亂吠一通，我們還拿花生丟那些小狗哩。

等到遊行結束，麥克康柏先生請簡金斯先生載他到克林頓鎮外的郡立機場，以便趕上飛往紐約的班機，於是我們也跟著到機場去為他送行。一路上大家愉快地聊天，彼此交換這禮拜所有事件的看法和笑料；最後終於走到機場的旅客通道時，麥克康柏先生的眼淚幾乎要奪眶而出了。我們每個人都跟他握手道別，這時費迪拍拍簡金斯先生的肩膀。

「嘿，簡金斯先生，等一下回程的時候，我們可以在派森先生的農場稍做停留嗎？」

「嗯，我想應該可以吧。費迪，你要幹嘛？」

「這個嘛，他通常在星期天下午殺雞拔毛，拿到市場上去賣，所以我想去他那裡看看，說不定可以幫我媽要到一些雞頭。」

「雞頭？」麥克康柏先生倒抽了一口氣。然後他又把頭埋進雙手間唉唉大叫：「費迪！我知道我不應該問啦……不過，你到底要拿雞頭幹嘛啊？」

「你從來沒聽過雞湯麵這回事嗎？」費迪說，他睜大眼睛狐疑地看著麥克康柏先生。

麥克康柏先生閉上眼睛，用力咬斷他嘴裡的雪茄。然後他觸探簡金斯先生的手並搖搖它。

「杰克！」他說：「記得提醒我，永遠都不要再回到這裡來，可以嗎？」

然後他提起袋子，無精打采地走向他要搭乘的飛機，身影消失在入口那一端的黑暗之中。

國家圖書館出版品預行編目（CIP）資料

炸彈大開花 / 柏全德．布林立（Bertrand R. Brinley）文；
查爾斯．吉爾（CHarles Geer）圖；王心瑩譯 . -- 三版
. -- 臺北市：遠流出版事業股份有限公司，2023.09
面；　公分 . --（瘋狂科學俱樂部：3）
譯自：The Big Kerplop! : the original adventure of the mad scientists' club
ISBN 978-626-361-214-3（平裝）

874.59　　112012661

瘋狂科學俱樂部 ❸

炸彈大開花

文 —— 柏全德．布林立（Bertrand R. Brinley）
圖 —— 查爾斯．吉爾（Charles Geer）
譯 —— 王心瑩

執行編輯 —— 鄧子菁、吳梅瑛、陳懿文
封面繪圖 —— 唐唐
封面設計 —— 謝佳穎
行銷企劃 —— 舒意雯
出版一部總編輯暨總監 —— 王明雪

發行人 —— 王榮文
出版發行 —— 遠流出版事業股份有限公司
地址 —— 臺北市 104005 中山北路一段 11 號 13 樓
電話 —— (02) 2571-0297　傳真 —— (02) 2571-0197　郵撥 —— 0189456-1
著作權顧問 —— 蕭雄淋律師
□ 2004 年 9 月 1 日 初版一刷　□ 2023 年 9 月 1 日三版一刷

定價 —— 新台幣 350 元（缺頁或破損的書，請寄回更換）
有著作權．侵害必究　Printed in Taiwan
ISBN 978-626-361-214-3
遠流博識網 http://www.ylib.com E-mail: ylib@ylib.com
遠流粉絲團 https://www.facebook.com/ylibfans

THE BIG KEROLOP! THE ORIGINAL ADVENTURE OF THE MAD SCIENTISTS' CLUB
By Bertrand Brinley, illustrated by Charles Geer.
Copyright ©1974 by Bertrand R. Brinley.
Copyright © renewed 2002 by Richard Sheridan Brinley.
Introduction copyright © 2003 by Sheridan Brinley.
Republished by arrangement with McIntosh & Otis, Inc. through Bardon-Chinese Media Agency. All Rights Reserved.
Traditional Chinese edition © 2004, 2010, 2023 by Yuan-Liou Publishing Co., Ltd. All rights reserved.